Un été avec Paul Valéry

ヴァレリーとのひと夏

レジス・ドゥブレ 著　恒川邦夫 訳

人文書院

Régis Debray: “UN ÉTÉ AVEC PAUL VALÉRY”

目次

1　救いの手を差しのべる詩人たち

夏はヴァレリーに似合っている。根っからの太陽の子、地中海人の彼は、波間に身を躍らせ心身をリフレッシュすることを奨励する。しかし、そうした美しい季節との関係だけなら、ひと夏、フランス・アンテール(1)のリスナーを相手にまる一カ月もヴァレリーの話をすることはできないだろう。私には別に彼に負っていることがある。一度だけ、個人的な思い出を語ることをお許し願いたい。

八方塞がりになった時に姿を現す詩人たち、それは周知の通り、我々が呼び立てるからではない。誰も彼らに何かをたのんだわけではない。彼らのほうからやってくるのだ。名前もいわずに、耳朶に歌いかけてくるのである。そうしたことが私にも起こった。今から半世紀前、私がボリビアのいずことも知れぬところに、何週間も、本も新聞も紙もなしに、外部との連絡のつかない、数平米の

訳注（＊本書には原著者の付した注はない）

（1）フランスの公共放送ラディオ・フランスに所属する放送ネットワーク。フランス・キュルチュール、フランス・ミュジックと並ぶ三大ネットワークの一つだが、フランス・アンテールは間口が広いジェネラリストで、聴取者の数でもトップをゆく。

空間に閉じ込められていたときのことだ。いくらか学校時代に習ったことの断片が、まったく意図せずに、浮かび上がってきて、私の救命ブイになった。それは私の記憶の襞の中にひそんでいた詩の断片である。〔ランボーの〕「酔いどれ船」の「無情な川の流れを下っていったとき」とか、〔アポリネールの〕「愛されない者の歌」の「霧に半ば閉ざされたロンドンのある夕べ」とか、そして、どうしてなのかは後で検討するとして、〔ヴァレリーの〕「海辺の墓地」[2]のいくばくかの詩句である。そしてその詩句が他を圧倒したのだ。

　私はここでわが未来の煙の匂いをかぐ、
　そして空は浄化された魂に
　潮騒《しおさい》の海辺の変化を歌う。

さらに、私の記憶が正しければ、もう一つのリフレイン：

　彼らは濃厚な不在の中に溶解し、
　赤土は白い種族を呑みつくし、
　生命の恵みは花々の中へ移された[3]！

その固く閉ざされた場所には海浜も空も、花も赤土もなく、ただ不在しかなかったのだから馬鹿げているが、これらのヴァレリーの詩句が擦り切れたレコードのように回っていたのだ。それは学校を出てから、[4]私があまり実際に使うことのなかった種類のフランス語の断片である。

突飛な過去の一断面が蘇ってきた格好だが、それだけでは、この難解な作家と共に旅に出るには十分ではない。彼の著作を再読しながら、私はそこに思いがけない警鐘家、詩人の枠を超えた『現代世界の考察』[5]に関する最も鋭い視線を投げた批評家の存在を見出したのである。我々の文明とその陥穽、我々の近代をどのように生きるべきか、ヨーロッパをヨーロッパたらしめるものは何か、アメリカとアジアの間に挟まれて身動きがとれなくなっているヨーロッパが骨抜きにされかねない危険とは何か、といったことについて述べている。

この一見老いた（古びた）ように見える作家は、年と共に若がえっている。彼を読むと、我々の度量衡（価値体系）について一定の透視図が得られる。彼は距離をもって見ることを教えてくれる。そうして見ると目から鱗が落ち、まやかしでない、我々の真の姿が見えてくる。ヴァレリーの読書は我々が直面している諸問題の森（深奥）に分け入る散策としてもふさわしいだろう。それは不安をかきたてもしようが、知的好奇心をそそり、ヴァカンスの逸楽を功利性から解放することにもなるだろう。

（2）一九二〇年『NRF《エヌエルエフ》』誌第八一号に掲載された詩篇。後に詩集『魅惑』*Charmes* に収録された。（巻末付録参照）。
（3）墓場の喚起する心象。「白い種族」とは埋葬された死体を貪る蛆虫たち、そして死体が養分となって美しい花を咲かせるのだ。
（4）一九四〇年生まれのレジス・ドゥブレの学校時代とは一九六〇年代前半である。
（5）一九三一年に初版が出たあと、一九三三年、一九三八年および一九四五年に新版・増補版が出た評論集。

2　世に埋もれた偉人

標題に掲げた二つの言葉は、一般的に、一体化したものである。一方のかわりにもう一方を使ってもさしつかえないだろう。とくにヴァレリーの場合、いっそうよくあてはまる。身に受けた数々の栄誉が反骨漢をボスに変えた――彼にとってそれが災いになった。トロカデロのシャイヨー宮の切り妻壁《フロントン》に刻まれた碑文[6]は、いくら壮麗であっても、誰も読まない。豪華本に書かれた彼のアフォリズム（警句）はバカロレアの作文の論題になるばかり。こうしたみかけに騙されてはならない。記念碑《モニュメント》とは用なしになった建造物のことだ。誰かを忘却のかなたに追いやりたいときに、人は彼の銅像を建てる――かっこうの厄介払いである。ところが、この〔ヴァレリーという〕うるさ型は、我々の時代にうってつけの人物で、簡単に厄介払いできない。近寄ってみると、想像以上に、型破りである。

というのも二人のヴァレリーがいるからだ。

古典作家名鑑という高貴にして退屈なジャンルに属するヴァレリー、頭髪を真ん中で分け、蝶ネクタイをした国家的詩人、ラテン語作文に明け暮れた消え去った一時代の証人としてのヴァレリー。

それは、半世紀にわたって、ラテン語のテクスト解釈が学校を支配していた時代である。そうした謎めいた首領としてのヴァレリーについては、今日、人々は話題にしないが、噂を漠然と耳にしている。

そしてもう一人のヴァレリー、滑稽な悪漢、無手勝流のアナーキスト、悪い事ばかり考える好色な餓鬼、色事師やほら吹きは言わずもがな、《フランス文学の中で最も悪魔的な精神》がいる。そう、そうした二種類の人間が一人の人間の中にいるのだ。秩序順応型の人間と反抗的な人間、体制内的人間と反体制的硬骨漢。

おおやけには、互いに知らないふりをしているが、ふたりは合い知らないわけではない。公的なヴァレリーと反骨のヴァレリーを往復すると退屈しない。ちなみに、反骨漢ヴァレリーは、けしてパニュルジュ[7]ではない。ふたりのヴァレリーは共に訪問するに値する。第三共和政のボシュエ、コレージュ・ド・フランスのマレルブ[8]といわれ、ハイカラーを付けて国家を代弁する演説や祝辞を述べるヴァレリー、そして、悪ふざけをし、冷や水を浴びせるヴァレリー。それは裏か表かという問題ではない。刺激的なのは、その二重性そのものである。ひそかに圧力をかけるエスタブリッシュメントの先頭に立つヴァレリー。正装したアカデミシアンは社会的権威やその喜劇に肩入れをして

（6）トロカデロ宮殿のフロントンに刻まれた碑文。「…この壁の中に／私はあつめている…／芸術家の驚くべき手がつくりだしたものを／…私が墓か宝庫か／それは訪れる人の心による…」（『全集』第一二巻、三七九‐三八〇頁）。

（7）フランソワ・ラブレーの書いた物語に登場する巨人パンタグリュエルの家臣。様々な冒険・奇談の道化役を演じる。

（8）François de Malherbe（1555-1628）　フランスの古典主義時代の詩の規範を創ったといわれる詩人。

いるわけだが、その裏で、反社会的な秘密の情熱にも身を捧げているのだ。
彼の内面と外面は手を取り合って誓う。それには面食らう。彼の外面はおおむね穏やかである。モンテーニュのようにヨーロッパを馬で駆けめぐったわけではない。マキアヴェリのように王族たちや短剣に立ち向かったこともない。ボードレールのように軽罪裁判所に訴追されたこともない。しかし彼の内面は冷たい目をしていない。いかなる冒険を前にしてもひるむことがない。その意味で、時には、同時代人よりも五十年は先を行っている。

ヴァレリーを捕まえるにはほとんど彼のあとを走って行かなければならない。どんなふうに？四散した手足《メンブラ・ディスイエクタ》を拾い集めて、背骨を明らかにするようにしてだ。ヴァレリーという多面体は比類のない広い歩幅ゆえに主要作品というものがない。アポリネールにおける『アルコール』、モンテーニュにおける『随想録』、ボードレールにおける『悪の華』に相当するものがない。彼は様々なルートによって登る山のごとき存在である。詩人、モラリスト、哲学者、批評家、地政学者、劇作家、講演者と多方面に秀でている。かくして、この多様な頂を持つ山には、十九世紀詩人、二十世紀思想家、二十一世紀時評子がいる。おわかりのように、資料には事欠かない。選択に困るほどである。できるかぎり、この三つの側面を同時にとらえながら進みたい。

そのためにもっとも妥当なやりかたは、時系列的に、この特異な人物が歩んだ道を、一八七一年〔生年〕から一九四五年〔没年〕まで段階的にたどりなおすことだろう。昨日と今日の山腹の双方に股をかけて登ることだ。

3　波打ち際で

ポール・ヴァレリーは一八七一年にセットで生まれた（スダンの敗北[9]の一年後）。家は港に面していた。父親はコルシカ人で、バスティア生まれの税関吏であった。母親はイタリア人で、ジェノヴァの貴族の娘、主婦であった。姓（Valéry）のyはiiのつまったもの（もとはコルシカ名のValerjからくる）。彼の「海辺の墓地」は普遍的な射程をもつ詩で、どこの港町か名指されていないが、生まれ故郷の思い出に満ちている。「唯一、自身の人生のなにがしかを投入した詩である[10]」、とのちに述懐するだろう。そしてそこに自身も埋葬されることになるだろう。

この土の中に隠された死者たちがいる
土は彼らを温め、彼らの神秘を無効にする。

（9）スダンは普仏戦争でフランスの敗北を決した戦いが行われたアルデンヌ県の首都の名前。その結果、第二帝政が崩壊し、第三共和政が樹立された。

（10）フレデリック・ルフェーヴル『ポール・ヴァレリーとの対話』（『全集』補巻二、四〇〇 - 四〇一頁）の中にある言葉。

真昼の太陽、不動の中天は
自己省察をはじめ、自省に耽溺する……
完璧な頭、無欠の王冠、
私はその中にいて、密かな変化《シャンジュマン》を担保する。

同じ町に生れたジョルジュ・ブラッサンス(11)は「セットの浜辺に埋葬されることを請願する」というシャンソンの中で、善き師ヴァレリーとおなじ変容《メタモルフォーズ》(12)を希求している。ふたりは共に海に面したバルコニーをもつ家に生れ、同じ海辺に育ったのだ。

ポール・ヴァレリーへの敬意を抱いて
しがない吟遊詩人のぼくは彼を讃える
善き師よ、ぼくを許し給え
たとえ彼の詩がぼくのより立派だとしても
ぼくの墓地は彼のよりもっと海に近い(13)
セットの人々にはもうしわけないが。

貴族と平民の違いはあるが、技法と分野をともにするこのふたりは、ともに言葉の厳密さと音楽に憑かれて、相互に響き合うものがある。口ずさむ歌のはかない魅力と瞑想する息の長い挽歌《エレジー》、オランピア[14]とオリンポス神、それはともに〈美〉へ通じるふたつの王道である。
そこは〈美〉が育まれるのに恰好の場所である。「ラングドックの小ヴェネチア」、北はトー池に区切られ、南は地中海に面している。運河で行われる槍試合、漁港の営み、イタリア語とオクシタン語の混淆など、セットは脳の働きを解放し、ミディ運河に世界を広げる役割をになっている。ジャン・ヴィラール[15]もそこに生まれ、そこに眠っている。アニェス・ヴァルダ[16]はセットの岸辺と路地を、愛情をこめて、撮影している。

私はある港町に生まれました、とヴァレリーは一九三三年に回想している。それは湾の奥、一つの丘の麓にできた中くらいの規模の港町です。丘を構成する岩塊が周囲の海岸線と切り離されているので、両側の砂州《さす》（…）が岩塊をラングドックの海岸に繋ぎとめていなかったら、そこは島になっていたことでしょう。丘は海と広大な池の間にそそり立って、南仏運河《カナル・デュ・ミディ》はその中に始点――あるいは終点――を持っているのです。丘の麓の港は多くの停泊区と運河か

（11）Georges Brassens（1921-1981）　フランスの社会派のシンガーソングライター。
（12）この〈変容〉とは死後の変容、すなわち埋葬されたあとの死体の腐敗を意味する。
（13）ヴァレリーの墓は海を東に望んだ丘の斜面にあるが、ブラッサンスの墓は同じ丘の反対側の海辺にある。
（14）オランピアはパリの有名な芸能ホール。ブラッサンスのコンサートもしばしばそこで行われた。それに対してオリンポス神はギリシアの神々が住むところである。
（15）Jean Vilar（1912-1971）　セット生まれの舞台（映画）俳優、演出家、作家。
（16）Agnès Varda（1928-2019）　ベルギー生まれの女性映画監督。

らなっています。そしてそれらの運河が池と海をつないでいるのです。私が生まれたところはそういうところです。無邪気な言い方をするならば、私は自分が生まれたいと思うような場所に生まれたといえるでしょう。(17)

そして彼は最後まで自分を育ててくれた場所と環境に忠実だった。彼をして冷静な太陽族、内省的な解放型にしたのはそれゆえである。熱情的な環境に育ったからといって、聴衆を沸かせるために大袈裟な身振りをしたり、なれなれしくするために人の背中を叩いたりしない。礼儀正しく、誇示することなく、告白することもない。

水着すがたのヴァレリーを想像してみればいい。水泳は彼が実践した唯一のスポーツである。著名な作家としては珍しい。彼らは一般に海水を好まない。学生時代、法学部に進むまえに、彼は海軍士官学校を志望したことがあったらしい。それは貨物船やビームの反った船が登場し、海軍士官の活躍や植民地の発展で、ピエール・ロチやセガレンが現れ、スティーマーと船旅がクローズアップされた時代の反映であろう。ボードレールの乗った三本マストが蒸気船に出会った時代である。(18)シムノン(19)は北方の小説家だが、ヴァレリーは南方の詩人である。マルセイユ、ジェノヴァ、ニース——それらはヴァレリーの寄港地、安住の都市、自分の同時代人たちが住む天体にたいする彼の視座を構成する地点である。さらにニースには、一九三三年に、彼の庇護のもとに創設されたCUM、すなわち、地中海大学センター(20)がある。それは国際的な知識人の出会いの拠点となるべき場所であった。彼が人生の最後まで夢見たヨーロッパは焼いたイワシのにおいがし、飲み物はバーボンやビールではなく、ロゼワインやポルトであった。紋章には樫《カシ》ではなくヤシがあしらわれ、海は〈我らが海〉《マーレ・ノストルム》(21)であって大イルカの出没する大西洋ではない、そして意思疎通の言語はグロビッシュ(22)ではなく、イタリア語、スペイン語、ポルトガル語あるいはフランス語だ。今日、圧力団体《ロビー》の言語は北から南まで英語になってしまった。しかし知識人の中心は扉を閉めてしまったわけではない。それこそ一人のセット人がプロムナード・デ・ザングレ(23)に遺贈した贈り物である。

海よ、海よ、おやみなく繰り返すものよ！
おお、思念のあとのむくい、
神々の静まりの上に凝らされた眼差し(24)！

たしかに、この「鳩が歩むこの静かな屋根」には潜在的な力がある。この屋根には知的にして官

(17)エッセー「地中海の感興」(『全集』第一一巻、二五七－二五八頁)からの引用。
(18)ボードレールは若き日に船に乗って、アフリカの喜望峰を回って南半球のモーリシャス島まで行ったことがある。『悪の華』の中の一篇「旅への誘い」の南国のイメージのもとになっているといわれる。
(19)Goerges Simenon (1903-1989) ベルギーの推理小説家。メグレ警部の登場するシリーズが著名。
(20)フランス語でLe Centre Universitaire Méditerranéen (略：CUM)。
(21)古代ローマがカルタゴとのポエニ戦役で勝利してから今日の地中海を〈我らが海〉と呼ぶようになった。
(22)世界(globe)の共通語となった言語、すなわち英語のこと。
(23)Promenade des Anglais. ニースの海岸に創られた有名な遊歩道。
(24)「海辺の墓地」の第一節の後半部。うしろの「鳩が歩むこの静かな屋根」は同詩の冒頭の詩句。

能的、昨日と今日に通じる「精神」と「光」がある。隠れ家であると同時に交差点である。この屋根がいつか、移民たちの到来と共に、真の海辺の墓地となるとは想像されていなかった。(25) この海は幾多の伝説と、風と、夢と数で構成されている。それは神話を明晰さに綯い合わせる海だ。多言を弄さず、一言《ひとこと》で言えば、地中海とはまさにヴァレリーの生き写しなのだ。

4　真昼の太陽

〈大いなる青海原〉[26]。それは一つの海、一つの文化、一つの性格を越えたものだ。思想の師のみならず、自身や他者について、感じたり、笑ったりすることを教えてくれる。何千年もの間に育まれた一種の生きる知恵が地中海人に伝承されている。失敗から脱出するために、極端な方法に頼らずに、不運と取引をする術。あまり大仰な言葉にたよらない、言葉のセンス。「ヨーロッパ」、「自由」、「正義」、「進歩」、それらの言葉は語る以上に歌う。しかし、我々が勝手に解釈することを許さない。我々のためを思ってのことだ。それは争いが起こったときに、行き過ぎやヒステリーを避ける方法だ。はぐらかして、巧みな冗談で切り抜ける知恵だ。それはまた、明らかなことを改めて問うて、ふくらませたブタの膀胱をちょうちんと取り違えるような間違い[27]を避ける手立てでもある。そうし

（25）貧しい黒人アフリカから豊かなヨーロッパに新天地を求めて地中海を渡ってくるボートピープルの問題が現代の大きな問題となっているが、しばしば移民を満載した舟が沈没して多くの死者が出ている。
（26）原語で Le grand bleu、地中海の別名。
（27）「とんでもない間違いをする」意のヨーロッパ中世に起源する諺。

たことは言うなれば、一つの文明のあかしである。

アルジェリア人のカミュ(28)はこうした精神の持ち主の一人、〔精神的〕近親者である。彼はこうした知恵を〈真昼《ミディ》の思想〉と呼ぶだろう。それは生き方の様式だが、他と比較してすぐれているというのではなく、独自の歩み方で、他とは違っている。キリスト教的というより、異教的な価値観に近く、教条《ドグマ》より寓話を、神学より神話を好む。それは人間的な等身大の精神性であり、節度と限界をわきまえた思想である。そこでは光は知性の姉妹であって、頂点の陶酔ではない。〈大文字の歴史(29)〉より自然が先導し、美や明確な形象が無限や不定形なものの幻惑を排除する。

ヴァレリーは地中海時代ともいうべきものに最高度の文学的かつ精神的な威厳を与えた一人である。そのあと、二十世紀には、大西洋の時代が、そして、二十一世紀には、地球規模の大海原の時代がつづくだろう。内海《うちうみ》である地中海は、明るく多様な、雑種的で商業的な、迎接《げいせつ》と会話に卓越したユマニスムを育んだ。その世界では、珍しく、神々がいさかいを起こさなかった。それはおそらく一神教ではなく多神教の世界だったからだろう。「海辺の墓地」の冒頭に掲げられたピンダロス(30)の言葉がそれを見事に要約している。「おおわが魂よ、永遠の生を希求するのではなく、可能態の全領域を汲み尽せ(31)。」アルベール・カミュは同じ銘句を『シジフォスの神話』の冒頭に使っている。そしてそれは偶然ではない。この適度の感覚、《一切の過剰》を排する態度、それは同時に公正の感覚であり、当時の文脈では、勃興しつつあるドルのアメリカの自動《ロボ》化《ット》文化とソヴィエト連邦の足並みそろえた人民パレード文化との間の、第三の道を示唆するものだった。ヴァレリーやカミュの南仏礼賛は、暗に東方〔＝ソ連〕へのノン、北方〔＝米国〕へのノンを表すものだった。イスラム過激派、地球上にはりめぐらされたウェブの発展と人口バランスが世界概念を変えてしまった。しかし、炎や情念にはつねにまきかえしがあることを忘れてはならない。

こうした考え方はけしてナショナリズムのリヴェンジではない。あるいは何かしらの土俗主義の復帰でもない。島や列島にたいする偏愛は隠さないが、本当は、むしろ海と陸の融合を唱えているのだ。アルジェリアのチパサ、ラングドックのサン＝クレール山、あるいは、イタリアのジェノヴァにおける〈結婚〉(32)を彼らは祝福しているのだ。

コルシカのパスクワーレ・パオリ大学に《地中海精神ポール・ヴァレリー》という講座ができたのは偶然ではない。バスティアの北にあるヴァレリー家揺籃の地エルバルンガの村の広場に、シャルル＝アンリ・フィリッピの寛大なる招待によって、昨年、ヴァレリーの伝記作者ミシェル・ジャルティと私が、露天で、議論をしたとき、聴衆の最前列にコルシカ独立運動の指導者タラモニとそ

---

(28) Albert Camus (1913-1960)『異邦人』、『ペスト』などで知られる小説家。一九五七年にノーベル文学賞を受賞したが、その三年後一九六〇年に自動車事故で世を去った。
(29) アルファベットの大文字で書くHistoire は〈正史〉、すなわち権力者の歴史である。それに対して小文字の多様な歴史 (histoires) が現代史では掘り起こされている。
(30) Pindaros (BC 518-BC 438) 古代ギリシアの詩人。とくに祝勝歌で知られる。
(31) ピンダロスの「ピュティア祝勝歌Ⅲ」の一節 (62-63)。
(32) この一文にはカミュの生れ故郷アルジェリアのチパサ——ローマ時代の遺跡で有名——、ヴァレリーの故郷セットを眼下に一望できるサン＝クレール山、ヴァレリーの母方の故郷ジェノヴァが喚起されている。〈結婚 Noces〉は、結婚披露宴の饗宴・乱痴気騒ぎから、春や夏に自然が見せる豊穣な祝祭的光景を象徴する。カミュに『結婚』と題されたエッセー集(「チパサの春」他四篇)がある。

の支持者たちがいた。彼らにとって、ヴァレリーは故郷に迎え入れて、研究し、サポートしたい存在である。クルージングの途次、短い滞在をしただけで、バスティアには一度しか来たことがないヴァレリーには住民の資格はないし、現地の言葉〔コルシカ語〕も話せなかった。たしかに彼の母親はジェノヴァの出身で、コルシカはフランス人が占拠する前はジェノヴァの植民地だった。となると、ヴァレリーはコルシカの名誉市民であろうか？　ヴァレリーをコルシカに帰属させるとなると、眉をひそめるむきもあろう。はっきりしていることは、血の掟は、共和国では、法にはならないことだ。いずれにせよ、ブレヒトが言うように「子供は彼らをよりよくするものに帰属する」[33]ものだ。本土の文化と競合する南仏の島の文化を受け入れ、その遺産をさらに開花させるフランス語表現の詩人をヴァレリーがそこに親しく涵養すると考えればいいだろう。

5　文筆家トリオ

一八八四年、一家はモンペリエに移住する。貴族的な古い大学都市である。やや冷たい格式ばった市《まち》だ、とのちにヴァレリーは書いている。情動の吐露に慣れた性格にとってはそうだろう。古典教育、法学部、家での読書（エドガー・ポー、ボードレール、ユイスマンス）。父親の死は彼が十四歳のときである。ある種の孤独感に襲われる。退屈な兵役。しかし一八九〇年のある日、軍服を着た小柄な南仏人は、パラバ＝デ＝フロで行われた大学創立六百年記念の晩餐会で、同い年の優雅な若者の隣にすわって、事態は一変した。若者は彼にヴェルレーヌやランボーの話をした。

この乾坤一擲とでもいうべき出会いから、すべてが始まった。

まったくの偶然のめぐりあわせで彼を知ることになり、人生は一変した、とヴァレリーは後

(33) ドイツの劇作家・演出家ブレヒトが言ったとされているが、実際は、アフリカのマリの作家マサ・マンカン・ジャバテ Massa Mankan Djabaté（1938-1988）の言葉である。

年ピエール・ルイスの墓前で述懐するだろう――ヴァレリーにとってルイスは、モンテーニュにとってのラ・ボエシ[34]のような存在だった。私の初期詩篇の大部分は彼と詩を交換しあうためだけに書かれた。当時のルイスはこの上なく臆病、かつ繊細、かつ意地っ張りな若者だった。そして私がかつて会ったことのない魅力と優雅さの持ち主だった[35]。

ピエール・ルイスとヴァレリーはその後切っても切れない仲となった。ルイスが帰ってしまうと、たちまち、熱心な手紙の交換が始まった。そこにほどなく、若きアンドレ・ジッドが加わる。彼らの手紙の交換から長期間にわたる三声の友情[36]が生まれるだろう（ヴァレリーの結婚式では市役所の証人はジッド、教会での証人はピエール・ルイスがつとめた）。三声の往復書簡では各人が他の二人の批評家あるいは支持者の役割を演じた。セヴィニェ夫人からマリア・カザレスまで[37]、フランス文学における郵便配達人の果たした役割、一つの国家の建設に際して果たした郵袋の意味を指摘した者が誰かいるだろうか？　いつかコンティ岸のアカデミー・フランセーズ[38]の前にＰＴＴ[39]へ捧げるモニュメントができるだろうか？

ジッドはユグノーの同性愛者、ルイスは博学な無信仰者、そしてヴァレリーは日曜日のミサに出かける、今のところ、純潔者である。この三人の青年が共有しているのは、詩句の音楽への執着、正確無比な言葉の探求である。プルーストが言うように、「標榜する意見の一致よりも、精神の血族関係のほうが重要」なのだ。彼らの意見は国家を揺るがしたドレフュス事件をめぐって大きくわかれた。ジッドはドレフュス派、ヴァレリーとルイスは反ドレフュス派である。ドレフュス事件の嵐は、しかし、彼らの信頼関係の根幹をゆるがさなかった。文学への情熱、暗示やパロディーの偏愛——時には滑稽の域にまで進められる（一八九四年のアカデミー・カナック[40]への参加がそうだ）、そして、果てしない引用の趣味である。ベル・エポックと呼ばれる時代にあって忘れてならないことは、しかるべき階層において、暗記の習慣があったことだ——それは保守も進歩も関係なく共通していた。およそタイプは違うが、ジャン・ドルメッソンやステファヌ・エッセはその伝統を受け

（34）Etienne de la Boétie（1530-1563）フランスの法学者・裁判官。結核で早世するが、ミシェル・モンテーニュの親友となり、若き日に書いた『自発的隷従論』で重きをなす。
（35）ルイス追悼文の一節（Paul Valéry, *Vues*, La petite vermillon, p.190）。
（36）二〇〇四年に浩瀚なアンドレ・ジッド、ピエール・ルイス、ポール・ヴァレリー三者の『三声の往復書簡集一八八八－一九二〇』がフランスで刊行され（*Correspondances à trois voix 1888-1920*, Gallimard, 2004）、その一部が邦訳されて水声社から出版されている。
（37）セヴィニェ夫人 Mme de Sévigné（1626-1696）は娘に宛てた書簡集で著名な十七世紀フランスの侯爵夫人。マリア・カザレス Maria Casarès（1922-1996）はスペイン系フランス人の舞台（映画）女優で、近年、未公開だったカミュとの往復書簡が刊行されて話題を呼んだ。
（38）アカデミー・フランセーズ（フランス学士院）の建物はセーヌ川左岸のケ・コンティにある。左岸を西へたどっていくと、順次、オルセ美術館（旧国鉄オルセ駅）、ケ・ドルセ（外務省）、国民議会（下院）、アンバリード（廃兵院とナポレオンの墓）、エッフェル塔などが現れる。
（39）フランス旧郵政電信電話公社の略称（Postes, Télégraphes et Téléphones）。現在は郵便局（Postes）と電気通信局（Télécommunications）の二部門に分かれている。
（40）キューバ出身のフランス詩人エレディアの次女マリー（詩人・小説家）が一八九四年にふざけて創設したアカデミー。カナックは一八五三年にフランスの植民地になったニューカレドニアの原住民の言葉。父親が会員となったアカデミー・フランセーズを揶揄して、たちあげたアカデミーである。

継いだ最後の人たちで、いつでもすらすらと何百というアレクサンドラン〔十二音節詩句〕やエグザメートル〔六脚詩行〕を暗誦することができた。

謎めいた暗示、ソフィストケートされた悪ふざけ、延々と続く長広舌。そうした過熱状態がこの相互賛美の結社の常態である。ボールを受け取ったプレイヤーたちはあまりむきにならず、一層ふざけた、学生っぽい言葉を打ち返す。ジッドが言う。「ぼくは遊んでいる餓鬼にすぎないよ——そこにプロテスタントの牧師がかぶさっているけれど、牧師はぼくをうんざりさせる。」餓鬼とモラリストの間のいざこざは、これはとくにジッドについて言えることだが、だからといって魅力が減じるわけではない。彼ら三人の関係は一つの知的財産である。今日ではあまり見かけない珍重すべきものだろう。

三人組は各人各様に役割を演じる。ジッドは〈不安を掻き立てる者〉（後日、彼の論敵は〈悪人〉というだろう）。ヴァレリーは〈技師〉、音の響きの組み合わせに腐心する者という意味である。ルイスは〈トレーナー〉である。この抜け目のないパリ人は、二人の田舎者に《自力での打ち上げ》をアドバイスする。今日なら《自己宣伝》というところであろうが、いかに文芸ビジネスをするかという手ほどきだ。博識で垢抜けた高踏派《パルナシアン》で、前衛派の文壇に受けがよかったルイスは、『コンク〔ホラ貝〕』という少数読者向けの、瀟洒な雑誌を創刊する。そこへ三人は最初の作品を発表する。ヴァレリーはルイスに送った自分の作品評をしきりに求める。ルイスは困ったが、親切心から、作品を彼らの文学結社《セナクル》のジュピターともいうべき大御所、ステファヌ・マラルメへ直接送ったらどうかと勧める。

6　〈忘れられた〉ルイス

　時間というのは、忘れてはならない、気紛れな照明屋である。今日、我々はピエール・ルイスをいくらかエキセントリックな脇役、ヴァレリーは将来を嘱望された端役にすぎないと考えるが、当時脚光を浴びていたのはルイスである。ルイスは当初ルイ（Louis）と称していた。それを、iをギリシア語のyに変えて、綴り字記号のトレマ（¨）を上につけ、Louÿsとした。よりエレガントで意表をつく名前だと思ったのだ。大物たちから可愛がられ、のちにホセ＝マリア・ド・エレディア——「自分が生れた死体置場《はきだめ》から飛び去るシロハヤブサのように……」[41]と歌った詩人——の娘婿となった彼は、一八九四年に、『ビリティスの歌』を出して名声を博した。作品は愛すべき、博学・博捜のフィクションだが、友人のドビュッシーによって音楽がつけられた。ヒロインは架空の古代の女性詩人で、ギリシア人の父とフェニキア人の母の間に生まれた娘とされる。快活なレスビ

（41）José-Maria Heredia（1842-1905）　キューバ出身のフランス詩人。高踏派の代表格でアカデミシアンに選出された。引用された詩は『戦勝牌』*Trophées* に収録されたソネット「征服者」の冒頭。

アンにして田園人、その彼女の田園愛を告白した詩文を発見し、翻訳したというのがルイスの設定である。ルイスはそこに、原罪が発明される以前の、禁断の快楽をむさぼる無垢の楽園を描いている。出版は大成功。パリの読書界はこぞって、この二十五歳の神童が何者かを知りたく思った。ブルトンものちにこう言っている。「彼は私が是非会いたいと思った人物だった」、と。つづいて『アフロディテ』、『女と操り人形』が出版される。後者はセビリア滞在の成果である。メリメの『カルメン』の系統に属するスペイン物といえるだろうが、なかなかよくできた物語である。マテオという、我慢強いドン・ホセ〔＝カルメンの恋人〕とでも形容すべき男性が、十五歳のコンチャ・ペレスというアンダルシア生まれの、移り気で、奔放な娘にふりまわされる話だ。この男を手玉に取る女、鞭を手にした可憐なヴィーナスは、道徳を粉砕し、エロティスムとエキゾティスムを結びつけた昔からある歓楽の絆を、彼女なりの形に刷新したものだ。この種の女の絶対支配にたいする崇拝は、今日の読者の興味の対象にはあまりならないので、本よりも映画によって、命脈を保っている。というのもこの本の映画版はいくつもあるからだ。ヨーゼフ・フォン・シュテルンベルク[42]監督がマレーネ・ディートリヒと撮った映画、ジュリアン・デュヴィヴィエ監督がブリジット・バルドーと撮った映画、ルイス・ブニュエル監督がコンチャ役にキャロル・ブーケを起用して撮った『欲望のあいまいな対象』などである。この物語の成功は、若いピエール・ルイスを、不幸にも、大金持にした。英国の小説家トロロープの言葉を思い起こす。「成功は人生における不可避的な不幸だ。しかしそれが時期尚早に現れるのは最も不幸な人々に限られる。」

ヴァレリーがトレーナーとして選んだのはかかる順風満帆な野心家の若者である。ルイスはヴァレリーに引っ込み思案にならず、作品を書いて、出版すべきだと声を大にしてやまない。「ぼくが君について残念に思うことの一つは、とルイスは彼に書いている。それは能力があるのに、意欲がないことだ」（たしかに普通は逆だ、能力以上のことを望むのが普通である）。ヴァレリーが知らなかったのは、この自分に一番近い友人が、芸術のための芸術の修道者、〈純粋〉と〈美〉の祭祀に挺身した神秘家だと思っていたのに反して、その実、極めつきのポルノ作家であったことだ。自身の性行為をカードに取り、体位の写真や器官の寸法を記録した膨大な資料が、死後、発見された。一九二五年、政府を代表して、弔辞を読みにきた文部大臣アナトール・ド・モンジーは、自分が称揚する人物が次のような作物の作者であることを知らなかった。彼は、「私が寝た女たちの時系列的および描写的カタログ」、「教育施設で幼女たちに礼儀を教える教科書」、「おかま教則本」、「伝説的女陰のトロフィー」などの著者であり、自身がパリのアパルトマンで撮影したエロティックな写真、若い女性の写真のマニアックな蒐集家だった。

しかしふたりの間の友情が年月と共に冷めていったのは、そうした悪魔的な秘密の活動によるものではなかった。麻薬と不節生によって荒廃したルイスは、次第に衰弱し、だんだん目が見えなくなり、太って、寝台から起き上がれなくなり、破産状態に陥った。そして固定観念につきまとわれだした。モリエールの戯曲を書いたのはコルネイユだというのである――それには諸方から大きな怒号が起こった。ポール・ヴァレリーは慎重な沈黙に終始した。しかし、それはピエール・ル

(42) アメリカに移民したドイツ系ユダヤ人の監督。名前は英語読みのスターンバーグが流布している。

イスにとっては致命的だった。「P.V.〔ヴァレリー〕は〔劣勢な〕P.L.〔ルイス〕が〔六カ月も交戦し〕五ヵ月にわたって砲撃されているときに中立を守りとおすことはできないはずだ。[43]」ルイスはヴァレリーに自分が送った古い手紙を返してくれるよう要求する。[44] 拒絶。そしてそれが最終的な決裂となった。

それでもヴァレリーはルイスに、公的には、はかりしれない感謝の意を表するだろう。

ピエール・ルイスの友情は私の人生において決定的な役割を果たした。[45]

7　マラルメ商会

象徴主義の法王(46)はラングドックの若者へ返事を書いて、若者へ敬意を表し、どうぞいつでもお訪ね下さいと言った。ヴァレリーは一八九一年で二十歳、その時点で彼は《至高の、父親のような友人》、高等中学《リセ》校の英語教師(47)と出会ったのである。いくらか大御所かぜを吹かすこの親分の周囲には、崇拝者の小さな輪ができていた。《マラルメの火曜会》と呼ばれていたものがそれである。

これは諸方から見どころのある若者たちが集まってきた最初の文芸サークルである。ラフォルグ、

---

(43) 一九二〇年三月五日付ピエール・ルイスからヴァレリーに宛てた手紙の一節（『評伝ポール・ヴァレリー』——以下『評伝』とする——第二巻、一〇八頁に引用されている）。ドゥブレは（ ）の中の言葉を省略している。

(44) 『評伝』によると、ルイスは『十九歳』という自伝的な本を書くために、一八九〇年にヴァレリー宛に送った二十四通の手紙を、写しを取りたいから貸してほしいと申し入れた。ヴァレリーは返すとお金に困ったルイスが商売人に売ってしまうのではないかと恐れて一度は拒絶したが、結局、ルイスの要求に応えた。そして案の定、手紙はその後ヴァレリーの手元には戻らなかった（『評伝』第二巻、一〇七頁）。

(45) ルイス追悼文の一節。

(46) マラルメ Stéphane Mallarmé（1842-1898）のこと。フランス象徴派の詩人。

(47) マラルメは終生高等中学校の英語教師として暮らした。

クローデル、ジッド、ドビュッシー、アンリ・ド・レニエ、ヴィエレ＝グリッファンといった連中である。このセナクルは流派というよりは一種の聖堂であった。多くの者にとって、〈音楽〉から文学の領分を奪い返すことが問題だったが[48]──「何よりも音楽／そのためには詩句は奇数音節がよい[49]」とするヴェルレーヌの定言がある──彼らの美学はまず一種の道徳律であり、努力の奨励である。彼らはみんな、少なくともこの時点では、人の言うことをきかず、禁欲的で、文壇から批判されるのを甘受するといったくちである。限定部数の出版を好む彼らが考慮の外に置いたのは何か？大衆である。彼らの聖人たちはすべて大衆の投票の犠牲者であった。エドガー・ポー、ランボー、ボードレール、ヴィリエ・ド・リラダンである。彼らは、統計学的成功はゾラのような写実派の小説家、ポール・ブールジェのような上流階級のモラリスト、アナトール・フランスのような優しく、和を重んじるタイプに任せて、自分たちは近寄りがたい厳格さを標榜するのだ。しかし、のちになって、彼らは自分たちの読者層を創出するだろう。この種の悲観主義、いや、むしろ時間差のある楽観主義というべきか──「自分は将来理解されるだろう[50]」──は、絶賛された円熟期のヴァレリーにも影を落としている。彼はかつての難解さ《エルメティスム》の誓いを忘れないだろう。量よりも質である。虚栄心にたいする自尊心ともいえよう。

各世代に、とジュリアン・グラックは言っている、「すばらしい子供たちを識別するサウル[51]」がいる、すなわち子供がしかるべき道を発見する手助けをする人間という意味だ。ヴァレリーは好んで自らを「はるかに劣ったマラルメ」と規定するだろう。彼はマラルメの詩の定義を採用する。それは詩法というより、素材としての言語から枢要かつ永続的な言葉を紡ぎ出すことである。「詩的エッセンスに無縁なすべての要素から詩を分離する」ということだ。純粋詩を過剰に純化し、かつ、濃縮し、肉体と精神の結合であるべき詩において、精神の部分を誇張しすぎる危険はある。ヴァレリーは、きわめて意識的かつ意志的に、この危険を冒した。彼の最初の作物である『旧詩帖』[52]と『若きパルク』[53]がその証拠である。後者は目覚めつつある意識の謎解きをする物語詩である。暁の目覚めは優れてヴァレリー的瞬間である。

(48) 楽劇王といわれるワグナーが標榜した「総合芸術」は、マラルメをはじめとするフランスの象徴派詩人たちにとって、自らの存在価値を脅かすものと懼れられていた。
(49) ヴェルレーヌの「詩法」Art poétique の冒頭の節。
(50) 同時代人から正当に評価されていないと考えたスタンダール（Stendhal 1783-1842）は「自分は一八八〇年に知られ、一九三〇年に理解されるだろう」と言っていた。
(51) サウル Saül は『旧約聖書』に登場するイスラエル国の初代の王、ここでは優れた教師の比喩。
(52)『旧詩帖』*Album de vers anciens* というのは、若い頃（一八九〇年－一九〇〇年）に発表した詩を、後年（一九二〇年から一九二六年にかけて）補筆・加筆して出版したものを指すので、『若きパルク』と並べて、単純に、「ヴァレリーの最初の作物」というのにはいくらか問題がある。
(53)『若きパルク』*La jeune Parque* は一九一七年に、およそ二十年間に及ぶ長い沈黙期を経て、ヴァレリーが発表した長編詩。難解な詩だが、この詩にたいする高い評価によって、ヴァレリーはアカデミシアンに選出されることになる。

曙

私の眠りに役立った
混濁した不活性は
太陽の現れの
バラ色でたちまち霧消した
わが魂の中を私は進む
信頼の翼に支えられて
一日の最初の祈りだ！
砂浜から脱け出たばかりの
わが理性の内側を
見事な足取りで歩む。

お早う！　まだ寝ている
双子のほほえみに
親愛なる相似形が
言葉の間に輝いている！
蜜蜂の盛んな羽音に

籠一杯取ってやろうと、
私の金色の梯子の
ふるえる階段に
慎重さもどこへやら
白い足をもう置いている。(54)

「作家としては、私はサラブレッドしか好まない」、と彼は言うだろう。そして、マラルメは、彼にとって、道案内人である。我々は自分を乗り越えるためにつねに道案内人が必要である。いつの日か自分が自分になることを希求するすべての人間に言おう――誰にも〈師匠〉が必要だということを、それは師匠を必要としなくなるためである。

ヴァレリーは早逝した実父をよく知らなかった。またマラルメは息子を早く亡くしていた。二人の間に、代償行為として、一種の父子関係があっただろうか？　それは不可能なことではないが、その前に、〈師匠〉は弟子に結婚相手を捜す手伝いをしている。ローマ通りはいくらか結婚相談所になったのだ。マラルメは友人の画家の一人の姪と結婚させようとして、ヴァレリーにその意図を告げた。そしてマラルメの埋葬が行われた日、そこにはロダン、クレマンソー、ルノワールとその

（54）「曙」Aurore は詩集『魅惑』の冒頭に掲げられた詩篇（『全集』第一巻、一二九－一三五頁）。引用は第一節と第二節。詩篇そのものは詩集の刊行に先立って、一九二〇年にガリマールから出版された。

仲間たちが参集したが、ヴァレリーは初めて将来の花嫁と会った。彼女はジャンニー・ゴビヤールといい、ベルト・モリゾーの親族である。ベルト・モリゾーは印象派の大物であり、自身、マネのモデルにもなった女性である。許嫁《いいなずけ》になったのは、ベルトがヴィルジュスト通り四十番地の同じ建物に住まわせた三人の従姉妹[55]のうちの一人である。通りは現在ポール・ヴァレリー通りになっている。彼はこの結婚に躊躇し、新聞にこんな広告が載るのを想像した。「しがないサラリーマンが財産のある女性を探している」、と。しかし彼が兄に宛てた手紙を引用したい。「三人すべてと結婚するわけにもいかないので（残念なことだと思っています）、そのうちの一人に決めなければなりません。」選ばれた女性が一番幸せだったわけではない。しかし船出だ。結婚は一九〇〇年にサン＝トノレ・デロー教会で行われた。従姉妹のジュリー・マネとエルネスト・ルアールの結婚と同日である。エルネスト・ルアールは絵画の大蒐集家アンリ・ルアールの息子である（アカデミシアンのジャン＝マリー・ルアールは曽孫にあたる）。かくして結婚生活が始まった。未来の父親は妻や子供たちには大変優しかったが、それでも、やがて「家庭生活の身動きならぬ退屈さ」とはばかりなく言うようになるだろう。

8　小役人のオルフェ

ローマ通り(56)に集まった一族の中には、ルアール父子もいるが、そこは公営の質屋ではない。言葉の厳密家たちといえども食べていかなければならない。一八九四年にパリに居を定めたヴァレリーも仕事を探さなければならない。小冊子の詩集などお金にはならない。母親にもお金がない。作家がすべてジッドやルイスのように、金利生活者だったり、裕福な家庭の出身者だったりするわけではない。ユイスマンスの例を取ってみればいい。世紀末の生活を呪詛してやまない彼は、内務省国家安全局の課長相当の処遇に甘んじて、食べているのだ。ヴァレリーは公務員の採用試験に応募し、合格して、陸軍省に入る。砲兵局建築物および訴訟課の三等文書官である。なんとも味気ないポストではないか。

上を見れば、アレクシ・レジェ〔筆名サン＝ジョン・ペルス〕、クローデル、ジロドゥー、ポール・

(55) ベルト・モリゾーの一人娘ジュリーと姪にあたるゴビヤール家の二人の娘ポールとジャンニー。娘たちはいとこ同士の間柄である。
(56) マラルメが住んでいたパリの通り。

モランなど高位の外交官（大使）がいる。しかしそれだけでは、裏地用木綿《リュストリーヌ》の長袖を着た役所の事務員モーパッサン、中等学校《コレージュ》の教師マラルメ、『三行ニュース』の創刊者でアナーキストのフェネオン、司書バターユ、さらにジュリアン・グラックだって、生涯、歴史・地理を教える高等中学校の教師だったことを忘れることになる。そして悲惨なレオン・ブロワの例をもって一時代が終焉する。彼は「不動産登記所」[57]に職を得た。小役人になった扇動家は、毎月の給与袋があるために、売れ行きのよい本を書く必要がなくなった。事務職が過激主義者や規格逸脱者に適しているのはそれゆえである。兵站をあまり気にせず、偉大な魂の冒険に専念できるからだ。

　ヴァレリーは、ほどなく、友人の友人[58]からの提案を承諾する。ロンドンへ行って、セシル・ローズのために、彼を擁護する宣伝記事をフランス語に翻訳する仕事である。ローズはローデシア、今日のジンバブエの創始者である。問題はとくにボーア戦争が起こっている南アフリカに関する記事である。関心の裾野がぐっと広がったのと、初めての海外経験である。地球規模で起こる出来事の力関係がどうなっているかを垣間見た経験は、このあと成果を生むだろう。それもこの上なく良質な成果を。しかし英国への脱出は束の間のことだった。退屈だが安定した収入になる陸軍省の仕事は、ばかばかしすぎて、長続きしなかった。それに上司からの覚えもよくなかったようだ。そこで、辞職ということになる。

　一九〇〇年になって、ヴァレリーは別の仕事をみつける。いくらか羨望の念をもって見られる仕事である。アヴァス通信社――現在のＡＦＰ[59]の前身――の重役、エドゥアール・ルベーの個人秘書の仕事である。フリーメイソンで社会活動家、教養豊かな善人である。彼を以後パトロンと仰いだわけだが、ヴァレリーは午後を自由にして欲しいと言った。しかしこのパトロンは諸事によく通じていて、学ぶところも多かった。とくに政治における現実主義の原則である。現在進行中の争い事に関して恐るべき豊富な情報。言葉の彫琢を事とするヴァレリーはそこから学んだ。現代世界を考察するさいには、けして、言葉遊びをしてはならないということを。彼は、生涯、地球上で切られているカードの裏から目を離さなかった。列強が諸大陸を股にかけてやっていることを理解するためには、地球を経巡り、世界の果てまで飛行機に乗って出かける必要はない。なにもアルベール・ロンドル[60]みたいに駆けずりまわらなくとも、もっとよく見極めることが可能だ。やがてこのつねに情報に通じた《退屈している旦那》[61]には、炎上する前の、灰の下に埋もれている火を見る超越的ジャーナリストの姿が顕在化してくるだろう。

---

(57) 著者は「領土と印紙の登記所」というフランスのアンシァン・レジームに由来する名称を使っているが、ここでは、簡略に「不動産登記所」とする。若き日のブロワは「登記所」の筆耕（copiste）だった。
(58) ロンドンの『ペル・メル・ガゼット』紙の記者で旧知のチャールズ・ウィブレーの紹介で、リオネル・デクレという人物から仕事の依頼の手紙がきたことを指す。
(59) 「フランス通信」Agence France-Presse 略記ＡＦＰのこと。Havas の末字のＳはフランス語では無音だが、英語やイタリア語に訳されると「ス」と有音化される。日本語もそれにならってアヴァスと表記されてきた。
(60) Albert Londres（1884-1933）フランスのジャーナリスト。ボリシェヴィキが制圧した革命後のロシアや一九二〇年代の日本や中国へ赴いて書いたルポルタージュが有名。
(61) ジッド宛一八九一年十一月十六日付手紙（『ジッド・ヴァレリー往復書簡』第一巻二〇〇頁）に自分のことを「退屈している旦那」と言っている。

9　運命的な夜

人の夢想を掻き立てるような人生には、それ以前とそれ以後といわれるような決定的な出来事がなくてはならない。果たして何が起こったのか？　閃光か、天啓か。天啓といえば、まずは夜の出来事であることが多い。それは衝撃的な夜――政治なら革命、恋愛なら一目惚れ――人生の分水嶺をなす夜である。

そこから伝説が始まる。預言者マホメットは〈運命の夜〉を体験した――天使ガブリエルが神のお告げを吹き込んだ夜である。ルターは嵐の一夜に修道会へ入る決心をした。その夜、旅の道連れが雷に打たれて死んだ。パスカルはいわゆる〈メモリアル〉の夜に――〈確信。確信。感情。喜び。〉[62]――回心した。彼を社交界から断絶させた神秘的忘我の境地である。デカルトは一六一九年十一月十日から十一日にかけての夜に〈方法〉に出会い、進むべき道を覚った。ヴァレリーの知的遍歴では、一八九二年の十月四日から五日にかけての夜に、いわゆる〈ジェノヴァの夜〉という出来事が起こった（そのとき彼は伯母の家にいた）。

恐ろしい夜。寝台の上に座って過ごした。いたるところで嵐。私の部屋は雷の閃光で幾度となく照らし出された。頭の中で自分の運命について考え続けた。[63]

雷の閃光に照明されたこの部屋で、何が啓示されたのか？ 文学の虚栄である。そして、かけがえのない価値のあるものだが、マラルメの頭を斬りおとすことである。[64] 文学は得体のしれない情念、不合理な情熱、不明な神秘、性的錯乱の塊である。そういうものから身を遠ざけ、〈自我〉を制圧し、まやかしの〈芸術〉にではなく、匿名かつ普遍的な〈科学〉に専念すべきだ。科学は自らの世界をだまさない。精神だけが肉体を贖うことができる。感受性は敵だ。それはすなわち本来的に無思慮な大衆に他ならない――「十万人が集まれば考えはまとまらず、無思慮になる」――ヴァレリーはモンペリエで面識のない、ある貴婦人、男爵夫人[65]に恋をし、その幻影に悩まされ

(62)〈メモリアル〉とは一六五四年十一月二十三日の夜に経験した回心について、パスカルが書き残した覚書。その中に〈確信。確信。感情。喜び。（Certitude. Certitude. Sentiment. Joie.）〉という言葉がある。

(63) 一九三三年に若き日を回想して書いた覚書の一つにみえる文言（『評伝』第一巻、一五二頁）。

(64) ヴァレリーは文芸批評家アルベール・チボーデ宛の手紙の中で「私はこの人並外れた人物を熱愛しました。同時に、ローマを崩壊させるために切り落とすべき唯一の頭――値千金の頭――をそこに見ていたのです」（一九一二年）と書いている。ローマは古代ローマ帝国の都だが、マラルメがパリのローマ通りに住んでいたことにかけている。またローマの暴君カリグラ（Caligura）が「もしローマの全市民の頭が一つなら、その頭を一刀の下に刎ねてくれようものを」と言ったという故事にのっとっている。

(65) 今日「ド・ロヴィラ夫人 Mme de R〔ovira〕」として知られるモンペリエに住んでいた貴婦人。『評伝』第一巻、一二四－一三五頁にこの夫人への片思いを詳述した一章がある。

た。そこで彼は以後けして恋をしないことを決意する――それほど恋は不幸の原因である――そして、何物にも情熱を傾けることをすまいと考える。情熱はつねに理性を迷わせるものである。

そこから彼の長期間におよぶ沈黙が始まるのだ。それはおよそ二十年間の沈黙と〈呟き《メザヴォーチェ》〉の時代（一八九七‐一九一七）である。ヴァレリーは、その期間、自分を鍛える方法を変えた。半諧音《アソナンス》や句切り《セズュール》を工夫し、何百という詩を書いて、詩節《ストローフ》の体操をするような、重量挙げの練習ではなく、一種の計算機に没頭したのである。ゲイ＝リュサック通りの小さな部屋で、詩句をひねりだすのではなく、黒板に数式を並べていたのだ。それは音階練習のようなものだ。数学者アンリ・ポワンカレの著作を読み、マリー・キュリーの物理学の講義を聞いた。彼の望むところは、すべての問題について、ＣＱＦＤ[66]にこぎつけることだ。大言壮語にたいする戦いでもある（それは「安物生地《きじ》の大詩人」、ヴィクトル・ユゴー、にたいする批判だ）。そして数学へ軍配を上げた。

　かくして、何とも逆説的だが、ジェノヴァで文学を棄てたのに、一八九六年に発表したのが「テスト氏との一夜」[67]という〔散文の〕傑作である。それは世にもてはやされることを断念したある純粋精神の物語である。そしてそれが著者を有名にした。時代に背を向けた精神の肖像画だが、この作品によって、その精神を時代に導き入れたのだ。想像力の産物だが、テスト氏と著者は一体化し、切っても切れない関係になった。

　この場合、問題は、完璧な人生を歩む、無謬性を体現した人物を造形したことである。

10　デッサンとカンタータ

ヴァレリーがエドガール・ドガと最初に会ったのは一八九六年である。ドガは六十一歳、ヴィクトール＝マセ通りのアトリエにいた。ヴァレリーの友人ユジェーヌ・ルアール——美術品の大蒐集家《コレクター》でルノアールやモネの友人でもあったアンリ・ルアールの息子——が色々な人に引き合わせてくれたのである。異色の人物である。女性の入浴など私生活の情景を描き、プルードン(68)やエドゥアール・ドリュモン(69)の親派で、へぼ絵描きをこきおろす口さがのない毒舌家、人間嫌いで女嫌い、とくに文学者とユダヤ人が嫌いだと公言していた。ドガは若き訪問者を一蹴した。彼のイギリス人の法律家みたいな重苦しい態度、批判精神旺盛な知性について難癖をつけた。「ヴァレリー、君の大いなる欠点はすべてを理解しようとすることだ(70)」、とドガがある日言った。芸術に関するかぎり、

(66) Ce qu'il fallait démontrer の略（「よって証明された：証明終わり」の意）。
(67) 筑摩書房刊『ヴァレリー全集』（以下『全集』とする）第二巻、一一－一二七頁に小林秀雄訳がある。
(68) Pierre-Joseph Proudhon（1809-1865）　フランスのジャーナリスト、思想家。アナーキズム（無政府主義）の提唱者。
(69) Edouard Drumont（1844-1917）　フランスの極右のジャーナリスト、作家。

それは愚かな態度だとドガは思っていたのだ。たしかに一理ある。

しかし二人の関係はほどなく、互いに所を変えた意見の交換の場となるだろう。ドガは詩を書き、ヴァレリーはデッサンを画く。『カイエ』の戯画や素描が挿入された頁にみられるように、鉛筆と淡彩絵具でヴァレリーは絵を画く。一八九五年に彼はレオナルド・ダ・ヴィンチについて重要なエッセー[71]を書いていた。そこで彼はデッサンこそ美術の要《かなめ》であり、始祖であるとした——それはドガと軌を一にしている。ドガはアングルからいわゆる《芸術の正道》、形の正確な模写、そのいろはから始めるべきことを習った。「〔ドガが持ってきたデッサンを見たあとで〕悪くない！　お若いの、けして自然を真似るのではない。つねに巨匠たちがしたことを思い起こし、彼らが刻印した画を手本とすることだ[72]。」ベルト・モリゾーはドガと同意見だった。「絵画とは約束事の芸術なのだから、デッサンを学ぶには、自然を手本にするより、ホルバインを手本にするほうが比較にならないほどすぐれている[73]。」若き詩人の関心を引いたのは、職人芸とでもいうべきもので、線の無駄なさ、精神の仕事、意志の表現としてのデッサンである。「彼は飾ることも、加えることもしない。ただ要点を記すのみ。」ヴァレリーを夢中にさせたのは、活動する身体の運動をいかに表象するかということである。彼はのちに舞踊家セルジュ・リファール[74]とも親しくなるが、それはまたあらゆる種類の光学機械が発達した時代でもあった。身体の運動とは生物の優美さを表す捕捉しがたいものである。《爪先立って歩く》馬、アントルシャ[75]をするバレリーナ、そして、足をつける床のない、究極の舞踊家であるクラゲなどに観察者の目を引きつけ、感動させるのが身体の運動である。もし散文と韻文が歩行と舞踊に比される[76]のであれば、詩人と舞踊家は、畢竟、本いとこ《クーザン・ジェルマン》の関係にあるのではなかろうか？

コンセール・ラムルー[77]の定期会員であり、若い頃からワグナーに熱中し、ドビュッシーやラヴェルの友人で、ストラヴィンスキーの〈春の祭典〉の初演にも立ち会ったヴァレリーは、言葉を踊らせることはできても、音楽については、建築を介して、間接的な形で語ることしかできなかった。彼は空間の芸術と時間の芸術を交感させた。彼が造形した建築家エウパリノス[78]は《歌う寺院》について語り、音楽を《動く建物《エディフィス・モビル》》と言っている。詩集『魅惑あるいは詩』（一九二二）の中の「群柱頌」[79]で崇高なアナロジーを歌っている。

---

(70) プレイヤード版『作品集』第一巻の冒頭にヴァレリーの長女アガート・ルアール＝ヴァレリーが書いた「年譜」の一九〇八年の項に「五月十七日」という日付けで記されている言葉。
(71)「レオナルド・ダ・ヴィンチ方法序説」（『全集』第五巻、一一六一頁）。
(72)「ドガ　ダンス　デッサン」（『全集』第一〇巻、三九頁）。
(73)「ドガ　ダンス　デッサン」（『全集』第一〇巻、九五頁）。
(74) Serge Lifar（1905-1986）ウクライナ出身のフランスの舞踊家・振付師。ディアギレフのロシア・バレエ団（以下「バレエ・リュス」とする）での活躍、パリ・オペラ座のバレエ監督など二十世紀バレエ界に大きな足跡を遺した。
(75) 跳躍している間に交差させた脚を打ち合わせる動作。
(76) 舞踏と歩行を韻文と散文の比喩に用いたのはマラルメを嚆矢とする。
(77) 一八八一年に創設されたパリ民営のオーケストラ。ワグナー音楽を先駆的に取り上げ、マラルメやヴァレリーを魅了した。
(78) 対話篇『エウパリノスあるいは建築家』（『全集』第三巻、三一八三頁）を発表した。
(79)「群柱頌」（『全集』第一巻、一四二一一四七頁）。

陽光が射す柱頭の
優美な円柱の群は
本物の鳥たちが来て
周囲を歩んでいる

優美な円柱の群よ、おお
紡錘形の交響楽団
各個が己の沈黙を
ユニゾンに捧げる

――何をかくも空高く掲げて
いるのか、輝く者たちよ？
――無欠の欲望に捧げられた
勤勉なる優美な者たちよ！

我らは声をそろえて歌う
天を支えているのは我ら！
おお　目に歌いかける

唯一の賢《さか》しらな声よ！

何と純真な讃美歌だろう！
何という調べを
我らが清澄な要素たちは
空から引き出すことか！

言葉にとって屈辱的なのは音響的感動である。「私は音楽を、苦痛や恋愛のように、甘受する。」あるいは、「ワグナーは我々をおしつぶす。」〈ローエングリン〉の序曲を聞いたあとで、彼はジッドにこんな告白をするところまで行く。「この音楽はやがてぼくに執筆を断念させるところまでつれていくだろう(80)」と。言葉は音楽の傍らでは無力である。音楽は神経に訴えるが、言葉が働きかけるのはニューロンである。双方の働きは同じ威力ではない。「タバコは思索を刺激し、麻薬は眠らせる。ドクニンジンは殺し、オルガンは震撼する。」言葉にはこの震撼するという力がない。絵画なら、逆に、ある程度、会話を交わすことができる。できるというより、そうあるべきだ。「文学的絵画はつねに不完全な絵画だ」とゴンクール兄弟は言っていた。画家は作家にとってイカの骨のようなもので、嘴をそこで磨くのだ。大部分の作家がその癖《へき》を免れない。それは彼らにとって作家

(80) ジッド宛一八九一年三月二十七日付手紙（『ジッド＝ヴァレリー往復書簡』第一巻、六六頁）。

になるための予備級に入ったようなものだ。

素描家、風刺画家、時には彫刻家として、ヴァレリーは彼が何よりも好んだ画家と交わした議論を『ドガ　ダンス　デッサン』[81]という豪華本の中で語っている。表題に三つのD[82]がついた著書だが、それは絵筆と万年筆の間で演じられた真率なパ・ド・ドゥ[83]を語った書物である。

11　博物館の問題

彼は不安になった。そのことを一九二三年に『芸術論』のなかで語っている。

私はあまり博物館が好きではない。立派な博物館は数多くあるが、心に訴えてくるようなものは皆無だ。(84)

彼はそうした「寺院やサロンや墓場や学校」から蒐集された古物の陳列所に入るとめまいがす

(81) この豪華本は一九三六年にヴォラール社から出た。
(82) すなわち Degas, Danse, Dessin の頭文字にあたる三つのDである。
(83) フランス語で「二人のステップ」を意味する。男女の舞踊手によるバレエの見せ場を作る踊り。
(84) 「博物館の問題」(『全集』第一〇巻、一九二一–一九七頁)。ヴァレリーは博物館(あるいは美術館)を「一貫性(合理性)を欠いた館」« maison de l'incohérence » と呼んでいる。創作家は他の創作家とは違う道を模索し、自分の作品をつくりだす存在だから、博物館のように他の諸々の作家と並置して陳列されることを潔《いさぎよ》しとしない。その意味でヴァレリーにとって博物館は「ごった煮の館《やかた》」である。

る。「雑多な創作物の煮凝りで、個々には、相手が存在しないことを願っているはずだが、そうはいかない。」頬ばりすぎて、目をしろくろさせ、めまいを起こすのである。文化遺産の保存の分野では、西欧は「技術的手段の未曾有の発展に疲弊し、文化財の豊穣さそのものによって貧しくなっている」のである。大挙しておしよせる遺品の山に、施す手はなく、我々はおしつぶされてしまうだろう。「どうすればよいのか？　すべからく浅薄《せんぱく》になる。」

たしかに、我々は浅薄になった。記念すべきものの横溢、文化遺産への熱狂に不安に駆られているのだ。どんな市《まち》にも栓抜きやパイプや人形の博物館がある。村には洗濯場とか鳩舎がある。地方には《著名人の家》がある。寄贈・遺贈の制度が公有財産を増大させる。その一方で歴史的建造物は私有化される。そこで見学ということになる。「共和国はヨーロッパ全土に賛美の軛《くびき》を課すだろう」、と一七九三年に国立博物館《ミュゼオム・ナショナル》の設立を準備していた委員会は豪語したものだ。その通りになった。ヨーロッパ自体が、ヴェネチアの例にならって、一個の博物館になった。フランスには保護地が四万五千カ所、そこを訪れた人は二〇一七年で八千八百万人である。二〇三〇年には、世界中で、二百万人の観光客が〔ヴェネチアの〕〈溜息の橋〉や〔ダ・ヴィンチの〕〈モナリザ〉や〔ピカソの〕〈ゲルニカ〉の前で自撮り《セルフィー》するために移動するという。イル＝ド＝フランス地方では、大衆動員の観光業が最大の企業となり、ルーヴル美術館のぴかぴかに磨かれたそれまで人影のなかった回廊に人が溢れ、入場待ちの列が長蛇となる（七割は外国人）。どこも作品や観客で一杯だ。かくしてヨーロッパの大都会には、略奪品の展示場と並んで、文明人が過去の野蛮な行いの申し開きをするための「ごった煮の館《やかた》」（博物館）が出現するのだ。かつての植民地や侵略地から盗んできた美術品を元に返すのはよい事だと思うべきではないか？　戦利品が少ないほど、空間ができる……。

道徳の問題ではなく、実利的な問題だ。写真に開始され、デジタル技術によって完成された、というか、牛耳られてしまった《複製技術の時代》において、我々はあらゆる物を崇拝の対象とし、リアルタイムで事物を複製し、出来事をアーカイブによって記録することができるようになった。忘れることが不可能になった。事象は瞬間的にストックされ、保存され、消去不能になる。瞬間が瞬時に〈歴史〉になる。何の努力もせずに、しばしば我々の意に反して、我々は直接的予件から不可逆性を作る。デュビュッフェ[85]の「一番いいのは何物も保存しないことだ」という理想は、現代では、不可能である。精神的な一つの見方にすぎない。

あらゆる文明は、狂おしいほどの豊穣性の一時代を経て、いまやアレクサンドリア時代に入った。次々と傑作が自然に生産された時代から、蒐集の時代に入ったのだ。傑作の整理と解読、そのための言葉の増殖と末尾に thèque がつく建物の増大である。図書館（bibliothèque）、絵画館（pinacothèque）、ヴィデオ館（videothèque）、石像・彫刻館（glyphothèque）など。我々の文明は技術革命によって、要約と博物館狂想の時代へと落ちていった。そうした技術革命は文明の意志とは無関係である。その結果、質の王国へ量が侵入し、あらゆる分野に飽和状態をもたらした。その反動はある。情報過多になれば、ニュースはなくなる。芸術を標榜する組織が過剰に増大すれば、芸術作品はなくなる。書物が過剰に増えれば、読書はなくなる。車が過剰に増えれば、渋滞が起こる。

（85）Arthur Dubuffet（1901-1985）美術館に収蔵されるような作品の域を脱した〈生の芸術〉Art brut を提唱した。

あらゆるものが過剰になれば、本当に価値があるものはなくなる。かくして我々は茫然自失し、無関心になり、最後に、はっきりとは言わなくとも、虚無主義《ニヒリズム》に近くなる。逆説的だが、文化財の増大の結果、文化の衰退が起こったのか？　金持の病気とはそういうものかもしれない。我々を窒息させる遺産。

12 執着しない知識人

国際的な問題について優れた見識を持っていても、我らが美学者は攻撃的な性向、口を出さずにはいられない性癖は持っていなかった。知識人という言葉に、つねに影響力を及ぼそうとし、世の中の動きにたいする個人的な見解を公にすることにいれあげる文人という意味を与えるなら、ヴァレリーはそうした範疇のエリートには属さない。しかし彼が二十七歳という分別盛りの年になったときに、典型的なフランス的知識人が、鳴り物入りで、実名で登場してきた。エミール・ゾラである。一八九八年一月十三日、クレマンソーが主宰する『ロロール』*L'Aurore* 紙の一面に、共和国大統領フェリックス・フォール氏宛の公開状で、ドレフュス大尉の無実を訴えたのだ。ドレフュスはギアナの悪魔島で服役中だった。一八九四年の裁判のやり直しを求める署名運動が各方面で起こる。その最後のものは《知識人の抗議》と銘打たれ、大学人、高等教育修了者、芸術家、弁護士、学生たちに呼びかけた。ヴァレリーは、ほどなく、反対陣営にくみした。(86) ピエール・ルイス、友人

(86) この間の事情は『評伝』第一巻第一五章「ドレフュス事件」に詳述されている。

のルアール一家、ドガも仲間のフォラン(87)やカラン・ダシュ(88)と共に反ドレフュスだった。ヴァレリーは反ドレフュス派の募金活動に署名し、アンリ大佐の銅像建立のために寄付した。アンリ大佐は、ドレフュスを有罪にした偽の手紙の執筆者であり、一件が暴露されると自ら命を絶った人物である。ヴァレリーはこの運動を注視していて、いくらか迷っていたようだが、《考えるところなきにしもあらず》と、署名の欄外に目立たないように付け加えている。

当時の世相では——《彼らは事件について話をした》という有名な風刺画のことを考えてみればいい（家族の食卓が引っくり返されている）——事件の真相よりも、殴打や傷害のほうに関心が集まっていた。『十字架』というカトリック系の大新聞がゾラについて述べた論説のタイトルは《奴をたたきのめせ！》というのだから、大変な時代である。ゾラ自身牢獄にぶちこまれるのを恐れてロンドンへ亡命した。反ドレフュス派の暴徒から逃れる必要もあった。多数派は彼らだし、街を牛耳っていたからだ。

軍隊を守り、フランス国家を守り、《再審派》に対抗する政治権力を支持した人々には、セザンヌやルノワールなど、立派な作家や芸術家が数多くいたことを忘れてはならない。ヴァレリーも、当時はまったく無名だったが、そういう一人だった。プロテスタントのジッドは宗派の性向にしたがって、『ロロール』紙の署名運動にくみした。宗教的にしろ、性的問題にしろ、少数派に属するということは、つねに正しい道へ導く。カトリックで反ユダヤを標榜する階層——ルアール一家は戦闘的で攻撃的、それがおぞましい域にまで達していた——は、ヴァレリーにたいしても、容赦なかった。ヴァレリーはジッド宛の手紙の中で「今後は二人の間ではけしてこの問題は口にしないようにしよう」とまで言っている。ジッドは、生涯、この友人にして先導者であるヴァレリーにたいして、頭が上がらず、ある種の劣等感を抱いていたようだが、ヴァレリーの手紙に応えてこう書いている。「君と一時間も話し合っていたら、ぼくは多分この署名には応じなかったろう。」しかし、あの日、「風が片方からしか吹いてこなかったんだ。」

名著『フランス知識人事典』（ジュリアール出版、ウィノック著）に、ヴァレリーの名前はない。

プルースト、コクトー、ジュリアン・グラックの名前はある。さまざまな論戦や社会を騒がせた事件に関して、誤ったことはあるが、これらの作家は事件にあまり関わらない人たちだ。プルーストはドレフュス派だった。グラックは若い頃はコミュニストだった。それなら、ヴァレリーはいかなる陣営にくみしていたのだろうか？　彼はマラルメの高弟だが、慎重だったのか、絶対性を好む性格だったせいか、ドレフュス事件をめぐって内戦の危機をはらんだ時代をどちらの陣営にくみすることなく過ごした。ドビュッシーもそうだ。アナーキズムといえば言い過ぎだろう。保守主義といえばあまりに漠然としている。ヴァレリーは自分の意見をドクトリンとすることはけしてなかった。それは自分の意見をもたないことを公言した中国の賢人と同じだ。円熟期のヴァレリーはつねになにがしかの自分の意見は持っていた。しかし彼は自分の名声を権威として利用することを避けていた。権力を手にするより、コーヒ・カップを手にするほうがいいと思っていたようだ。みずから自

（87）Jean-Louis Forain（1852- 1931）　フランスの画家、版画家。

（88）ロシア生まれのフランス人漫画家・風刺画家エマニュエル・ポワレ（Emanuel Poiré 1858-1909）の筆名。ロシア語でカラン・ダシュ（Caran d'Ache）は「鉛筆」（карандаш）を意味する。

身を《精神の人》と位置づけていたが、《精神の人》とは精神のために生き、真実の力を信じる人のことである。特化した自分の領分をもち、大衆からお賽銭をもらうことに汲々とする知識人たちとは区別しなければならない。ヴァレリーは、おそらく若き日の反ドレフュス体験にこりて（第二次大戦に先立つ非戦論とミュンヘン協定支持によって傷ついたレヴィ＝ストロース等と同様）、この分野では、つねに徒党をくむことをいさぎよしとしない。世事に過度に執着しない知識人、時間と共に消滅したくなければ、すべての創作家に推奨されるスタンスである。

「偉人とは過失が許される人間の謂《いい》だ[89]」とのちにヴァレリーは言うだろう。彼が言ったことが真実である証拠は、若き日の過失、ドレフュス事件での踏み外しが、彼の記憶や評判をあまり損なっていないことだ。

13　ホモ・デュプレクス

「人は有名になるにしくはない」、とガリマール社の重鎮ジャン・ポーラン(90)は言った。「有名になると神秘性が増す。」ヴァレリーにおける神秘性とは何か？　思いやりのある、思い切りがよい社交生活と孤独な、人間嫌いな一面のある世捨て人の生活との対比《コントラスト》。この矛盾をヴァレリーは精神衛生上の支えとし、日々の苦行《アセーズ》の理由とした。仕事は午前中にすませ、午後は社交などもろもろのことに使う。かくして彼の一日と性格は二分される。昼食前は明晰で、気難しい（大事なことに関わるので）、そして以後はサロンの客（余暇である）となる。朝の五時に起床して行う早朝の思策が彼の人生を形作る。かくして、生涯、ランプの光と曙光の間に、断想、省察、余談を書きつけた二百六十五冊の〈カイエ(91)〉が遺された。タバコと共に一生続いた悪癖である、コーヒーを自分で淹

（89）「刻々」（『全集』第一〇巻、四二九頁）。
（90）Jean Paulhan（1884-1968）フランスの作家、言語学者、アカデミシアン。第二次世界大戦をはさんで長く『NRF』誌の編集長をつとめた。
（91）英語では〈ノートブック Notebook〉と訳される。

れながら。こうした孤独な決定的時間、それが、彼にとって「孤独を調整するのに不可欠な時間」だった。午後になると、彼は馬鹿になることを容認し、外交的昼食会、公的レセプシオン、賞状や略綬やメダルの授与式、講演会、リサイタルなどに顔を出した。人々はヴァレリーに次々と役職を依頼し、ついには、あらゆる重要な組織の長を兼務するまでになった。ペン・クラブ、人文・芸術委員会、国立博物館評議会、ラジオ番組委員会、汎ヨーロッパ連合名誉委員会、等々。世の中の重要人物はみな彼に会いたがった。とくに彼がアカデミー・フランセーズとコレージュ・ド・フランスという、いつの時代にもお墨付きの精神的権威を保証する機関の顔になってからはそうだ。欠けているのはそれとなく噂のあったノーベル賞だけだ。(92)共和国大統領、大臣、元帥、将軍、実業家、外国の貴族、大科学者、上流社会の夫人連によって、彼は人波が押し寄せる暗礁、信者がつめかける修道院の様相を呈するにいたった。「自分と自分の間に、事物と他者が環礁を作った。私は環状珊瑚島《アトール》だ。(93)」一九二九年五月十六日付：

二人の大臣によって、元帥一人、女性舞踊家一人、大使一人、警察長官一人、高裁判事一人、作曲家数名、挿絵画家一人……に授勲された日。(94)

「ダレガコンナ事ニ耐エラレヨウカ?(95)」まったく我慢ならない。「私は二通りの生き方をしている」、と公言していたスタンダールなら耐えられるかもしれない。「それは過ちを避けるにはいい方法だ。」

上流社会のサロンに出入りするようになった彼は口さがない連中の揶揄の対象になった。レオトー[96]は『日記』でケ・ドルセ〔＝外務省〕の仲間たち[97]の悪口をさんざん言っている。「びくびくものの了見の狭い外交官は、馬鹿にされないように、《上司》のご託宣を聞き洩らすまいと耳を大きく開けている。しかし《フランス思想の導師》といわれる人物が、自分の役割を演じるのに――そして、大いにありそうなことだが、ギャラを稼ぐのに――汲々としているのだから、話にならない。有名になるということは、こうした馬鹿ばかしいことに入れあげることだとすれば、人間を愚かにすることにほかならない。（…）青春時代に共にすごした美しい夕べに、現在の姿を彼に予告したら、ヴァレリーは《笑いこけた》に違いない。彼はまったくどこにでもいる道化になってしまった。」それもそのはず、彼はアカデミシアンになったのである。尊敬する友人が、アカデミシアンに

（92）今日ではノーベル賞選考委員会の議事録により、ヴァレリーが何度も候補にあがり、その都度、「一般読者には難解すぎる」という理由で退けられ、ほぼ決まりかけたときに物故したことがわかっている。
（93）一九二九年一月に書かれたと推定されるジッド宛の手紙に見られる文言（『ジッド＝ヴァレリー往復書簡』第二巻、四四六頁）。
（94）ヴァレリー家所蔵の「日録」Ephéméride に記されている文言。
（95）原文ラテン語：Quis sustinebit?　この「　」の中の言葉も前注の「日録」に記されている言葉。
（96）Paul Léautaud（1872-1956）フランスの作家・演劇批評家。忌憚のない筆致で同時代の文学者たちの姿をとらえ、寸評した浩瀚な『文学日記』が名高い。出版社メルキュール・ド・フランスで働きだした若い頃、ヴァレリーと親交を結んだ。
（97）ポール・クローデル、ジャン・ジロドゥー、アレクシ・レジェ（筆名サン＝ジョン・ペルス）、ポール・モランなど、この時代、職業外交官の文学者（詩人、劇作家、小説家）が輩出した。

選ばれるための票集めに、自分とは性が合わない老人の家のベルを鳴らしに出かけるというのはけして喜ばしいことではない。だからといって、喧嘩しなければならないのか？　寛容が望ましい。クーポール[98]の傘の下に入るということは実生活上で多くの優遇措置を享受することだ。寝台車の座席は確保され、晩餐会では女主人の右手の席が用意され、街ですれ違う人々から帽子を脱いで挨拶され、新聞雑誌の批評家からは注目され、出版社の同意も得やすい。そこには将来の収入不足を懸念する人間を安心させるものがある。アカデミシアンになれば、貧窮の中で死ぬことはない。

一九四三年、死の二年前、ヴァレリーは、旧友のジッドの『日記』に、自分が人生を「チェスをするように巧みに組み立てた[99]」と書かれているのを見て、いやな気持がした。そして反論する。「チェスだというなら、それにはみんなが手を出した――私だけが手を出さなかった――私は偶然の好運がもたらした産物だ。」

たしかに、と彼は詳細を語っている。私の偶然はかなり立派な名前をもっている。ピエール・ルイスは私を〈詩〉へ押しやった。(…)ユイスマンスは役人の道に私を就かせた。友人のアンドレ・ルベーは私を役所から引き出し、私に二十二年間におよぶアヴァス通信社の仕事を紹介してくれた。その仕事で多くの余暇が生まれた。私の結婚はマラルメ家の女性たちとドガ氏およびベルト・マネ家の雰囲気が醸成したものだ。私の『若きパルク』はNRF出版社創設の思いがけない結果だった……。私のアカデミー入りは、アノトー[100]の発想である。そして私が占めた席[101]はベディエ[102]の発想である。ニースのポスト〔＝地中海大学センター長〕はモンジー

〔＝文部大臣〕の発想だ。別の言い方をすれば、これらの人たちは私を彼らが望んだ姿にしたのである[103]。

しかし、親愛なるヴァレリー先生、ご自身でおっしゃったように、他の人が有力者のコネを利用するように、「人間は偶然のめぐりあわせを身にまとう」ものです。しかし、お許しいただければ、私はこう申しあげたい。あなたはあなたに恩恵をもたらしてくれた人たちにたいして――その結果、あなたは二角帽や称号や勲章でご自身の身を飾ることになったわけです――この上なく礼儀正しく接していらっしゃいますが、結局、そのことがあなたに災いしたのではないでしょうか？　あなたのそばに来ない人たち、あなたを遠くから見ている人たちは、あなたが身につけている華美な装いや飾り物を自慢しているようにみえ、あなたがどれほど虚飾一般を馬鹿にしているかを知らないからです。

---

(98) フランス学士院の丸天井《クーポール》の連想から、「クーポールの傘の下に入る」とは「アカデミシアンになる」ことを意味する。
(99) アンドレ・ジッドの『日記　1889-1939』（Gallimard, Pléiade, p.237）に記されている言葉。
(100) Gabriel Hanotaux（1853-1944）　フランスの外交官・歴史学者・政治家。一八九七年にアカデミシアンに選出されている。
(101) ヴァレリーはアナトール・フランスの死去にともない空席になったアカデミーの席を襲った。
(102) Joseph Bédier（1864-1938）　フランスの中世文学者。一九二〇年にアカデミシアンに選出されている。
(103) ジュディス・ロビンソン編『カイエ』第一巻の巻末に収録されたヴァレリー自身がタイプ打ちした断章の言葉（『全集カイエ篇』第一巻、三八八－三八九頁）。

14 テスト氏の誤算

「ボヴァリー夫人は私だ」、とフローベールは言っていた。テスト氏はヴァレリーの自我の理想像である。この虚構の人物は、いくらかだまし絵のようなところがあるにしても、《知性の僧院》にひきこもった人間嫌いという強烈なイメージを作者に貼り付けた。つまり、神経質で口さがない文芸家とは真逆のイメージである。テスト氏は一種の在俗司祭で――「一切の虚栄心を捨象してしまえば」、と彼は断っているが――文学のどこに真率なところがあるのか疑問だと言っている。そしてアンドレ・ブルトンが実施した有名なアンケート――「なぜあなたは書くのか?」――にたいするヴァレリーの答えは「〔意志の〕弱さから」である。一九一四年にはすでに四十歳を越えていたので、国土防衛軍兵士に組み込まれ、戦線に送られることはなかった。テスト氏は〔第一次世界大戦以前に、二度、規則破りをしている。一度は美学的エッセー「レオナルド・ダ・ヴィンチ方法序説」の発表で、イタリアの画家を通して、天才の機能の原則を追求した。もう一度は「方法的制覇」という地政学的なエッセーで、ドイツの勢力増大を探索したものである。この両方面で、彼の関心の核心にあるのは主張の価値よりも方法である。「私には作られた物より作る行為に興味がある」[104]、と彼はよく言っていた。この文筆家がまず関心をもつのは、レオナルドを通しては、人間精神の力瘤《ビセプス》〔＝力の源泉〕についてであり、ドイツについては、ある種の覇権のメカニスムだ。

テスト氏と命名されたこの世捨て人の苦行者は、文学にたいして微妙な立場を取る戦後の新しい世代の人々——超現実主義者たち——の関心を強く引いた。アンドレ・ブルトンはヴァレリーより二十五歳年下である。しかし十五年間何も発表しなかったこの誇り高い渋面の紳士は、世界の謎を解き明かそうとやっきとなっていた反抗的な若者たちを魅了するに十分だった。彼らはヴァレリーの住まいを訪ね、ヴァレリーの言動を横目で監視した。ヴァレリーはシュルレアリスムのリーダー〔＝ブルトン〕の結婚式の証人になった。無意識の支配下で湧き起こるままに書く自動記述と、極めて意識的に書き、何事もおろそかにしない技巧的文筆家の記述とはまったく相容れるところがない。ただブルトンとヴァレリーの間には一つの共通点があった。それは小説にたいする軽蔑である。大衆小説も冒険小説も同様である。「侯爵夫人は五時に家を出た」[105]。侯爵夫人なんかどうでもいい。どうして八時でなく、五時なんだ？　ばかげていて、安直だ。ひっこめ、小説なんか。物語が何時に始まろうが知ったことか。

それでは、ヴァレリーは例外的《イン・パルティブス》[106]なシュルレアリスト、いやいやながらのダダイストだろうか？　そうしたボタンのかけ違いは長続きしなかった。というのは闇に沈んでいたヴァレリーがほどなく

---

(104) アガート・ルアール＝ヴァレリーの「年譜」(注64参照) の一九二八年の項に記された言葉。
(105) ブルトンの『シュルレアリスム宣言』にある言葉。
(106) 原文ラテン語 in partibus で書かれている。

脚光を浴びるようになったからである。友人のジッドは彼に旧詩をＮＲＦ[107]出版社から刊行するようすすめる。ＮＲＦは順風満帆の新雑誌社である。一九一七年に『若きパルク』を六百部限定で印刷したところ、大当たりとなり、最も権威ある批評家たちが絶賛した。完璧ナモノハ誰モイナイ〔＝Nobody is perfect.〕。我々がいる時点は一九一七年である。かつてテスト氏であった人物は、突如として、時限爆弾が爆発したように、栄光の人質となった。若き血気盛んなブルトンは去り、自ら退路を断った[108]。

アラゴンは変節漢ヴァレリーを嘲笑する文章を推敲した。たとえば、ジャコブ通りで催された社交界の夜会で、『若きパルク』が、大きなお尻で、大きな帽子を被った、唖然とした老貴婦人たちの前で朗読されたときの描写がある。

椅子が並べられているにもかかわらず、食卓、逞しい腕のご婦人連、セニョボス氏、みんな行儀良く収まっていなかった、いや、それどころか、はちゃめちゃだ。本を手に取って、読む者もいる。ここでは無礼講、格式ばらずにやりましょうというこのポーズがなんともいらだたしい。それはともかく、私の耳に聞えてくるものはいったいなんなのだ？　テスト氏にたいしていつわりのない讃嘆の念を抱いてきた私が、この「曙」の朗読を聞いて、どうして安易に作られすぎていると感ぜずにいられようか？　安易であると同時に苦痛だ。〔そんなことを言ったって〕彼はあなたに作った詩を隠してきたわけではないでしょうと人は言うかもしれない。したしかにそうだ、彼の詩のいくつかは、世の中の人よりも二、三年早く、私は知っていた。しかし私にとって、ポール・ヴァレリーが詩を作るのは、マルセル・デュシャンがチェスを指すのとおなじだ。どちらも世界チャンピオンになれないからといって驚くにはあたらない！　この気障で、馬鹿げた連中の集まる場で、ポール・ヴァレリーの詩にあらためて耳を傾けると、そこには人の気にいられるように作られた部分があることは明白だ。それもなんという人たちを相手にしてのことか！　そして、その詩は気にいられた！　油ぎったお尻と細い腰が小刻みにふるえ、ブラウスの薄布《チュール》を盛り上げ、〔のぞきこもうとする〕セニョボス氏の頭を傾けさせる巨乳の主《ぬし》たちのお気に召したのだ。会衆は、皮膚の毛穴を総動員して、たしかに部屋の中は暑かった、「よかった、よかった」と言っている。ヴァレリーは優等生さながら、賞状を受け取りに行く。もう若くはない会衆は、一篇の詩が読まれる間も話さずにいると、喉がむずむずしてくるらしい。朗読が終わるとみんな堰を切ったように賛辞を口にする。ヴァレリーは遠くから聞こえてくる賛辞に耳を欹《そばだ》てていた(109)。

みごとな文章だ。しかし、アラゴン自身さまざまな仮面をつけ、足取りをくらますことに熱心な人物である。彼はサント＝ブーヴ(110)を読んだことがないのか？　一夜のパーティーの主人公は、明け

(107) 現在のガリマール社。
(108) ブルトンは縁をきるために、それまで大切に保管していたヴァレリーから受け取った手紙の束を売却した。
(109) Louis Aragon（1897-1982）引用された文章は『評伝』第二巻、一〇六頁にある。
(110) Sainte Beuve（1804-1869）十九世紀フランスの最も著名な文芸批評家の一人。

方に起きて仕事机に向かう人物と何の関係もないことを知らなかったのだろうか？　一枚岩であるということは、けして、優越性の徴でないことを知らないというのだろうか？

文芸共和国は本来的に意地の悪いものである。意地悪であることが、その使命である。嘲り笑い、ヴァレリーは、マダガスカル語にも訳されるけれど、フランス語にだって訳されてしかるべきだと言われる。(111)ヴァレリーはそんなことは気にしない。孫娘の雄牛と闘牛とはどこが違うのという質問に答えて、彼は言った。「雄牛はアカデミー・フランセーズに入ると闘牛になるのさ。」しかし人は彼に自分から頼んで入ったわけでもない柵の中でじっとしていろと言う。

〔アカデミシアンの〕緑色の服を着ても何かがおさまるわけではない。しかし若いシュルレアリストたちの不満はそこにあったと言われる。「ああいうコスチュームを着て現れるために」、とアンドレ・ブルトンは声高に言う。「あんなに長く身を隠している必要はなかったのではないか？」絶対追放のしるしとして、ブルトンはヴァレリーに最後の献辞を書くだろう。「P.V. 1871-1917へ」(112)。たしかにランボーが晩年に〔ナポレオンが被ったような〕二角帽を被って現れたら人々は目をむいただろう。

大仰に考える必要はない。人を嘲笑う者は笑われるだろう。年を取って栄光に包まれたアラゴンが、崇拝者たちの集まりで自分の近作を経文のように朗読するとき、もし聴衆が話すのに耳を傾ければ、二十歳のときに人を嘲笑った自分が、八十歳になって、どんなに嗤われているかわかろうというものだ。

世に出るのに長い時間をかけた者には、あらゆることが起こる。名声も、罵倒も。

15　金欠の脅威

彼の敵は——彼には少なからぬ敵がいた——彼の社交生活をあげつらった。仰々しい挨拶をし、貴婦人の手に接吻する寄食貧民だと揶揄するのだ。無頼のボヘミアンの原理主義者たちがこうした礼儀作法をあげつらうとしても、彼らは一つ大事なことを忘れている。それはブノワ・ピータース[113]が指摘している事実である。すなわち、貧困の恐怖である。月末の支払いをどうするかという悩みだ。失職したサラリーマンの絶望感を理解するのに、『資本論』を読む必要はない。ルベーは一九二二年に死んだ。「パトロンの死」、と当時彼は書いている。「私は賃貸か売却の対象だ。[114]」かくして彼は《金欠の亡霊》が立ち上がるのを見る。詩は、連載小説とはちがって、腹の足しにはならない。

(111) ヴァレリーの書いた詩は難解なので、一般読者のために、標準フランス語に訳す必要があるという皮肉。実際「海辺の墓地」をフランス語に訳してこれでどうでしょうかと見せた人がいた。
(112) 『評伝』第二巻、三三三頁に引用されている（もとはブルトンの『全集』）。
(113) 二〇一四年にフラマリオン社からBenoît Peeters, *Valéry, tenter de vivre* が刊行されている。
(114) 『評伝』第二巻一七四頁から始まる第二九章「生計を立てるための筆」の冒頭に引用されている言葉。

客寄せを拒否し、数百人の読者しかいないことに満足する物書きは、どうして生きていくのか？

こうした売れない物書きが暮らしていくのに、昔は、どうしていたのか？　十七世紀なら、王侯貴族の庇護を受けることだ。十八世紀なら、百科全書の仕事によってだ。十九世紀は新聞の稿料で稼いだ。二十世紀になると、方便は多様化した。広告、シナリオ、序文、原稿売却、美術品仲介などだ。無一文だったシュルレアリストたちは手段を選ばなかった。ヴァレリーはといえば、いつも「お金に狙いをつける」と言って、二次的文学のような小細工には背を向けたが、もっと大胆なことを物怖じせずやった。注文に応じて書かれた《〔売却用〕自筆原稿》（添削やデッサンが付いた、後から作った、自筆原稿）、破格の稿料の序文、高額な謝金の講演（彼の全集に占めるそうした類の文章が多いゆえんである）、さらには、豪華本による再版、増刷もある。彼にはまた彼独自の金蔓《かねづる》があり、抵抗感なく容認する。それは文芸を庇護する富裕な貴族の奥方たちである。それは残念ながら今日では消滅してしまった一つの伝統である。最近では、その復活をめざして、ベタンクール夫人(115)が努力したが、実を結ばなかった。現代ではそれに代わって、さまざまな基金や企業の援助がある。作家志望の若者に与えられるスタンダール奨学金、全国に散在する作家の家に無料で滞在できる便宜など、より民主的な形のサポートである。しかし有力な貴族の夫人たちのサロンが力を揮った貴族的時代が、共和国全体に、大きな恩恵を及ぼしたことを忘れてはならない。アダン夫人(116)のサポートがなかったら、レオン・ガンベッタはどうなっていたかわからないし、ヴェルデュラン夫人(117)のいないプルーストも考えられない。

ヴァレリーを有名人に押し上げ、支持し、援助した貴婦人たちの名簿を見ると、たしかに、貧しい作家たちを羨《うらや》ましがらせるところがある。ヴァレリーは人を魅了する座談の名手であったらしく、大晩餐会の目玉となる不可欠の存在だった。名簿にはすべての称号がある。マルチーヌ・ド・ベアーグ伯爵夫人、アンナ・ド・ノアーユ伯爵夫人、クレルモン゠トネール公爵夫人、ド・ラ・ロシュフーコー公爵夫人、ボナパルト皇妃、ポリニャック皇妃、バシアーノ皇妃（一九二四年に『コメルス』誌を創刊）、こうして貴族も沢山いるが、加えてフランス文学に極めて寛大な外国人女性たちもいる。ナタリー・クリフォード・バーネイのようなアメリカ人の同性愛者の女性たちである。ヴァレリーはスノッブだったのか？　貴族の身分を表す符号（de）や貴族のエレガンスが、プルーストにおけると同様、ある種の否定しがたい魅力を感じさせたことはあるだろう。モンペリエの学生だった時代、彼が恋した女性は、近づく勇気がなかったが、貴族だった。プルーストは、画家のように、《対象》を描こうとしたが、ヴァレリーはそこから作品の養分を汲むということはなかった。貴族は、自分の作品の原材料を汲む資料体ではなく、長期間にわたる保険のようなものだった。自分の銃後を固めるための、そして、将来のことはわからないから、やってきた栄光を維持するた

（115）Liliane Bettencourt（1922-2017）　父親から相続した化粧品会社ロレアルの大株主で、世界的な大富豪。

（116）Juliette Adam（1836-1936）　普仏戦争敗北後、第三共和政が確立するまで、彼女のパリのサロンが共和派（反ナポレオン三世派）の人々の集合場所となっていた。そこには第三共和政の確立に大きな貢献をしたLéon Gambetta（1838-1882）も頻繁に出入りしていた。

（117）Mme Verdurin はプルーストの『失われた時を求めて』の作中人物。パリのコンティ河岸にサロンを開き、スワンとオデットの恋を影で操ったり、画家エリスティールを持ち上げたりし、『スワン家のほうで』の末尾で、妻を失ったゲルマント公爵と結婚する。

めの巧みな戦略的配慮だった。セーヌ川の両岸(118)を疾走する才能をもった若者たちにたいする忠告は、自作の評判や販売のためには右岸を、援助を乞い、新人発掘を顕揚するには左岸を見よというのがバランス感覚だということだ。かくして鎖の両端を持つことが、《光の都》で成功する鍵ではなかろうか?

16 偉大なるカトリーヌ

ある社交的晩餐で彼女に会ったとき、ヴァレリーはすでに五十歳になっていた。彼女のほうは三十八歳である。ふたりの関係は激烈かつ生涯にわたる爪痕を残した。

カトリーヌ・ポジは上流社会の女性だが、他の貴婦人とは違っていた。古典ギリシア語を読み、数学を学び、最先端の量子物理学に興味を持っていた。美人ではないが、変わったところがあり、魅力的だった。パリで話題になることについて、学者、作家、公爵夫人たちと直接言葉を交わす。ヴァレリーは妻帯者で三人の子供がいる。彼女はブールヴァール劇の人気作家エドゥアール・ブールデと結婚したが、軽薄で空疎だときめつけ、離婚していた。しかし二人の間にはクロードという息子が一人いた。彼女は自分がこうと決めた者たちにたいしては要求の厳しい人だった。また結核を病んでいた。父親は著名な外科医だったが、暗殺された[119]。彼女は生涯自身の死について怯えてい

(118) 右岸はシャンゼリゼやサン＝トノレといった繁華な商業地区と金持ちの住む区域がある。左岸はソルボンヌ大学をはじめ、エコール・ノルマルやポリテクニクなどエリート大学校があり知的エリートが巣立つ場所とされる。

た。後世に『日記 1914-1934』という傑作を遺したが、そこには、さまざまな暗号の下に、ヴァレリーが遍在する。日々厳しく、繊細に、恋愛の諸相が描写されている。ふたつの心臓の鼓動の真にせまる生体解剖である。抗生物質がまだ存在しなかった一九三四年に彼女は死ぬ。

当初、ヴァレリーは彼女を〈カリン〉と呼ぶ。そして、秘密の関係なので、彼女も彼を〈猊下〉とか、ダ・ヴィンチへの暗示で〈リオナルド〉とか、〈衒学者《マジステール》〉とか、〈幸福《ボヌール》〉――頭文字のBを大文字にしている――などと呼んでいる。「編集者や友人たちによってヴィア・サクラ[120]を引き回され、大臣候補になりそうな連中に現代の賢人だと紹介される〈衒学者《マジステール》〉。[121]」あるいは、同じ一九二〇年の項に、次のようなくだりもある。「シックなホテル。遠くから聞こえる音楽。四時に〈幸福〉は、〈義務〉を遂行するために、雨が降っていたので、傘を持った[122]」、〈義務〉とは帰宅という意味である。なぜなら、〈猊下〉には妻と子供たちがいるからだ。彼は家族思いで、離婚など思いのほかであった。それでも彼はこの世で最愛のひとだという女性に手紙で告白するだろう。「君がいないと、ぼくはもぬけの殻になる、自分から遊離し、奇妙で、不完全な、他者になってしまう。君に会うと、ぼくも戻って来るが、今度は君がどうなっているのか不安で、また別の不安が、君と一緒になれないのではないかという不安が襲ってくる。この愛は精神の病と呼ぶほかないかもしれない。[123]」テスト氏にとって、人に恋するとは、病気になることだった。

カトリーヌは一緒に精神的な探求をすることを夢見ていた。同じ本を読み、同じ勉強をする。幾多の譲歩と守られない約束、彼女は次第に疲弊していく。〈裏窓〉を演じるには誇りが高過ぎた。ヴァレリーにたいする呼び名も次第に変わっていく。ほどなく〈不在《アブスム》〉とか〈私は欠席《ジュ・マンク》〉と呼ばれるようになる。偉人《グラントム》も次第に等身大になり、年相応に戻った。

「一九二二年十月二十四日。イェール。ゴルフ・ホテル。——彼が入ってくる。身体的な魅力を感じない。彼の顔が気に入らないというのではない。でも彼は老けている。ほとんど老人だ。服装もずさんだ。シャツはまあまあ、カラー、ネクタイ、すべて私が買ったもの、あるいは買わせたものだ。しかし髪の毛にブラシをあてていないのは明白だ。手も汚れている……でも、私は彼を待っているのだ、入浴し、香水をふりかけて、馬みたいに腹帯を締めて、軍用ベルトみたいにピカピカに磨いて……ああ、どういう恋愛なのか、これは。もし私が彼を愛しているなら、彼が入浴していようがいまいが何だというのか？　時々いくらか老けて見えたってなんだ？　多分、私は彼を愛している。しかし私は彼にたいして欲望はない……私が彼を欲しているのは、彼が私の思想《パンセ》だからだ。[124]」
「諸国の首都めぐりをする」〈普遍思想〉の探索者は、次第に、彼女を幻滅させる。「小手先の操作の巧みさ、帯の下で燃える小さな火、不滅なものなど何もない。」逃げを打つ恋人に共通の運命

(119) カトリーヌの父親は Samuel Pozzi (1846-1918) という著名な外科医、パリ大学医学部の婦人科の初代医長。プルーストの『失われた時を求めて』にも Cottard の名前で登場する。
(120) 古代ローマ市のカンピドリオの丘から、フォロ・ロマーノの宗教施設を経て、コロッセオまで続く目抜き通り。
(121) Catherine Pozzi, *Journal de 1913-1934*, Ramsay, 1987, p.118.
(122) Catherine Pozzi, *Journal de 1913-1934*, Ramsay, 1987, p.141.
(123) Catherine Pozzi/Paul Valéry, *La flamme et la cendre, Correspondance*, Gallimard, 2006, p.117.
(124) Catherine Pozzi, *Journal de 1913-1934*, Ramsay, 1987, p.206.

である。彼女はさらに、一層効果的に言うだろう。「観念のドン・キホーテ、現実界の使用人。」

さらに行き来は続くが、カトリーヌにとって、決裂は解放でもあった。やがて彼は〈がさつ者〉、〈アパルトマンの思想家〉、〈精神の行商人〉と呼ばれるようになる。彼女は泣きながら書く。「私は彼の知性の極北を目の当たりにする。それを除けば、彼はまったくの無だ。」あるいはもっと残酷に言う。「この比類なき精神は魂が貧しく、あらゆることに恐れ戦いている。」会う度に、彼が自分のことを話し、アカデミーや新しい役職に就いたことを話題にするのが耐えられなくなった。すべてこういう人種は自己中心的で、盲目、甘言にしか耳を傾けない。ついに〈悪魔〉、〈人間以下〉、〈偽物〉という呼び名が現れる。ジュリエット・ドゥルエ[125]でもない限り、愛人にとって、偉人は存在しない。カトリーヌ・ポジのような愛人となれば、あらゆる虚偽を見逃さないだろう。「私はあなたが恥ずかしい、皮肉と栄光に満ちた老人。」

一九二八年、幕が下りる。二度と上がることのない幕である。

彼女の死後、遺言により、千通を越す書簡が彼女のアパルトマンの暖炉で公証人の立ち会いのもとに焼却された。息子のクロードもその場にいた。ヴァレリーはそのことに衝撃を受けた。短刀で胸を刺されたような気がした。彼女に宛てた書簡の中に、彼は自分のものを投入したことを確信していたからだ。妻のマドレーヌが同じことをしたときに、ジッドが感じたのと同じである[126]。コンピュータの時代になった現在では、この種の死後の意趣返しは難しくなった。

彼女の書いたもので、意趣返しではなく、感謝の意を表明した作品がある。それは〈アヴェ〉と題された、最後の救いともいうべき、珠玉の詩である。

いとも高き愛、私は死ぬかも知れない、
どこからそんな愛を私が育んだのか知らずに
どんな太陽に愛の巣が包まれていたのか
どんな過去に愛の時を、どんな刻限に
そんな愛を私は愛していたのか
いとも高き愛よ、記憶を越えた者よ
焦点のない火よ、私の日々を作った火よ
どんな運命にその愛は私の歴史を刻んだか
どんな眠りにその愛の栄光が現れたか
おお私の人生(127)……

カトリーヌ・ポジはクロード・ブールデにとって慈愛に満ちた母だった。クロード・ブールデは、

---

(125) Juliette Drouet（1806-1883）　女優。ヴィクトール・ユゴーの情婦として生涯つれそったことで知られる。
(126) ジッドの妻マドレーヌは生涯処女妻としてつれそったが、一九一八年ジッドが同性愛関係になった十六歳の少年を伴って英国へ旅行したのを知ったとき、それまで夫から受け取った手紙の束を焼却した。ジッドは自分の精魂込めて書いたものが灰燼に帰しことを知って大きな衝撃を受けたと言われる。
(127) Catherine Pozzi, *Poèmes*, Gallimard, 1959, p.15.

戦争中、『コンバ』誌[128]の創刊者の一人だった。それから収容所に入れられ、戻ってくると、〈レジスタンス〉に関して、最も妥協のない、真率な証言書の一つ『不確定な冒険』を書いた。この偉大なる紳士は模範的反植民地主義を標榜する《新左翼》の先導者であり、『ル・ヌーヴェル・オプセルヴァトゥール』誌の創刊者である。

正義派の中の正義派クロード・ブールデは、いくらか公平さを欠いたところのある偉大なる貴婦人の令息である。

17 未来学

人間は「背中を向けて未来に入っていく」ものだ。ヴァレリーの言葉である。しかし彼自身はそうではない。大陸間の力関係にしろ、家庭内の心情の変化にしろ、彼はつねに血が出る前に傷口に指をあてる人間である。面白いのは、預言者自身が占いの不可能性を主張し、いつも預言者や未来学者を物笑いにしていることだ。なぜなら〈歴史〉は「何一つ教えてくれないからだ、歴史はあらゆるものを内包し、どんな例を示すこともできる」[129]。

今次の大戦〔一九一四 - 一九一八〕でわかったことは、予測というものが不可能だということです[130]、と彼はジャンソン＝ド＝サイイの生徒たちの前で語った。だから私は予測をしないこ

---

(128) 第二次世界大戦下のパリで創刊されたレジスタンス運動の秘密日刊紙。一九七四年に廃刊になると、『パリ毎日新聞』*Quotidien de Paris* として再出発した。
(129) 『現代世界の考察』所収の一篇「歴史について」の中の一文（『全集』第一二巻、三〇 - 三三頁）。
(130) 「歴史について」の末尾にある文章。

とにしています。我々は未来へ背中を向けて入っていく[131]のだということを、よそでも言いましたが、私は強く感じます。それが私にとって最も確実な、最も重要な〈歴史〉の教訓です。というのは〈歴史〉とは繰り返すことのない事象の科学だからです。繰り返すことができる事象、やり直しのきく経験、重複できる観察は〈物理学〉や、多少の差はありますが、〈生物学〉に属するものです。[132]

気取ったのか、慎重さゆえか、彼はそう言ったが、それがまったく間違いであることを自分で証明した。自分の成功の鍵を予見してこんなふうに言っているのだから、間違ったことをあまり責めないことにしよう。

人間は世の中から身を引いてはじめて世の中を理解できる状態になる。[133]

彼の同時代人の中にこの種の分析と予測の能力をもった者は見当たらない。唯一の例外は、『根をおろすこと』を書いた女性、哲学者シモーヌ・ヴェイユ[134]かもしれない（もちろん、戦争という〈人類の〉不治の病に関しては、ジグムント・フロイトがいるが）。いうまでもなく曖昧なことが許せないヴァレリーが巷の女占い師《マダム・ソレイユ》やトランプ占いのところへ頻繁に出入りすることはないし、彼の的確な予言はテレパシーのお蔭であるはずはない。災いを予言するカッサンドラ[135]の類は一般に不機嫌である。なぜなら彼女たちは砂漠の中で予言したからだ。彼女たちの予言は暗鬱ないしは陰惨な響きがする。ヴァレリーは、人生の終わりの頃を除いて、そうした陳腐な悲痛感は抱かず、二十年後に到来するだろうことを、むやみに嘆いたり、目を向いたりせずに、諄々と説く。

一八九五年。『鴨緑江』(136)。日清戦争の時代に書かれたエッセー(発表されたのは一九三八年である)。作者は一人の中国人あるいは広義のアジア人の长袍《チャンパオ》の中にもぐりこんでいる。「そんなふうにして、我々は寝ているように見える、そして、軽蔑されている(…)あなたがたは我々を無気力だと思っている(137)。」しかし我々は「西洋の力よりも強力な持続をもっている(138)」。アジアの覚醒が予告されてい

(131) 我々は未来の明確な姿を正面に見て生きていくわけではない、未来はつねに予見不能だという意味。科学の進歩で社会は様相を急変させていくが、我々にはそれをあらかじめ予測することはできないという個人的な感慨である。一九四五年に没したヴァレリーは、死後の世界に、コンピュータや電気通信技術・人工知能などが登場し、人間社会を根源的に変化させることを予見し得なかった。
(132) ジャンソン゠ド゠サイイ高等中学校の表彰式での演説「歴史についての講演」(『全集』第一一巻、二三七頁)。
(133) 「ステファヌ・マラルメ」(『全集』第七巻、五頁)にある文言。
(134) Simone Weil (1909-1943) ユダヤ系フランス人哲学者。アランの弟子として出発する。労働者や貧困者など社会の底辺に生きる人々への共感から、自ら工場労働者の群れに身を投じて、その体験を通じて社会批判をした。またギリシア哲学や悲劇を深く研究し、そこにキリスト教文明を準備する根源的な知恵の源泉が存在することを説いた。アルベール・カミュはヴェイユの著書『根をおろすこと』*L'enracinement* を「ここしばらくの間、我々の文明について書かれた最も明晰かつ高邁な精神に裏打ちされた美しい書物だ」と評している。
(135) トロイアの滅亡を予言したトロイア王の娘。
(136) 『鴨緑江』(『全集』第一一巻、一三六－一四三頁)。
(137) 『鴨緑江』、一四〇頁。
(138) 『鴨緑江』、一四〇頁。

る。ヴァレリーにとって、それは一九〇五年の日露戦争によるロシアの敗北で確認された。

一八九七年。「ドイツ的制覇」(139)。ロンドンの『ニュー・レヴュー』誌に掲載されたこのテクストはドイツ魂の透視図である。すなわち彼らの産業と軍備——とくに海軍——の否定しがたい勃興における方法的精神についてである。海上覇権の争いは、短期的には、大英帝国、帝国海軍《ロイヤル・ネイヴィー》との確執を生むであろうと予言している。論文の中で、彼は将来三つの新興国が問題を起こすだろうと書いている。すなわちイタリア、ドイツ、日本である。半世紀後に結成される枢軸国の面々である。

一九二七年。「ヨーロッパの栄華と衰退についての覚書」。

明らかに、ヨーロッパはさるアメリカ委員会によって支配されることを希求している。あらゆる政策がそれに向かっている。自分たちの歴史のしがらみを振り払うことができず、そうした歴史のしがらみを持たない、あるいは、ほとんど持たない幸せな人民たちによって肩の荷をおろしてもらおうとしているのだ。彼ら幸せな人民は我々に彼らの幸福をおしつけようとしている(140)。

かくしてハッピネス部チーフ・オフィサー(141)が企業に出現し、ウォール・ストリートにブリュッセルの欧州委員会の元委員長が取り込まれ(142)、ヨーロッパ連合軍が北大西洋条約機構軍（ＯＴＡＮ）に組み込まれるのだ。

一九二八年。「歴史について」。

時代が進めば進むほど、結果は単純でなくなり、予測がつかなくなり、政治操作のみならず、軍事介入すら、一言でいえば、明確な直接行動そのものが、思惑通りにはいかなくなるだろう。(143)

そこから軍事行動の策定の無益化が起因し、西欧の介入の思いがけない失敗となる。由々しき指導者であるブッシュやサルコジ大統領は、イラクやリビアに侵攻する前に、これらの頁を読んだらよかっただろう。

一九二九年。「党派」。

政治とはまず人々が自分たちに関わることに介入しないようにする術である。そのうちに、人々に意味のわからないことを決定するよう強要する術が加わるだろう。(144)

(139) のちに『方法的制覇』と改題される。
(140)「ヨーロッパの盛衰に関する覚え書」(『全集』第一二巻、二二一–二九頁)。
(141) 前段の引用文にある「彼ら幸せな人民は我々に彼らの幸福をおしつけようとしている」という「彼ら」とはアメリカ人のことだから、「ハッピネス部チーフ・オフィサー」とは「アメリカ担当部長」というほどの意味であろう。
(142) 二〇一六年、欧州委員会委員長を十年間勤めたポルトガル人のホセ・マヌエル・バロッソ (José Manuel Barroso) がニューヨークのゴールドマン・サックス銀行に顧問として再雇用されたことが大きな話題を呼んだ。
(143)「歴史について」(『全集』第一二巻、三二一頁)。

翻訳すれば、かつては専制政治があったが、現在は、テクノクラートによる支配がある。そしてその双方は両立するということだ。

一九三四年。「独裁について」。

(…)独裁制が敷かれると、国民組織が単純な分業形態に集約されることになる。一方で、一人の人物が精神の高級な機能のすべてを引き受ける。彼は《幸福》、《秩序》、《未来》、《力》、国体の《威信》に責任を持つ。それらはすべて、権力の統一、権威、連続性のために必要なものであろう。独裁者はあらゆる領域に直接介入し、あらゆることに絶対の権限を持って裁定を下す権利を自分のために取っておく。他方、残余の個人は、個人的な価値や能力がいかなるものであっても、道具ないしは道具の加工材料の地位におとしめられる。[145]

そして付け加える。

注目すべきは、今日では独裁制が、かつて自由がそうであったように、伝染性を持っていることである。[146]

当時はたしかにそうであったが、独裁制は全体主義国家時代を生き延びて現代に至っているようだ。ヨーロッパでも世界の他の部分でもそうだが、民主独裁主義《デモクラチュール》という名の下で続いている。

　広角レンズにはもちろん盲点がある。植民地問題、人口問題、特殊な共産主義、映画の重要さなどだ。映画についても彼も今日の発展を予測していなかったし、映画好きではなかった。『失われた時を求めて』も正しく評価しなかった。やむを得ない。人間の目は一八〇度の広がりはない。しかし彼は「遍在性の征服」という表題で、グローバリゼーションとその結果を予告している。ザッピングの普及も予感している――「以後、我々の目は犯罪や惨事にのみ興味をしめし、〔その余のことには関心がなく〕次の対象に飛び移っていくようになる[147]」だろう。権力者の闘技場では強者と弱者が平準化することを指摘している。《平準化の定理》あるいは《諸民族間の技術的均一化の増大》が原因である（そのことは一九四五年に原子力による平準化で証明されたし、サイバー戦争における電子制御の武器の登場でも確認された）。「コミュニケーション手段の急速かつ未曾有の発展」とは別に、ヴァレリーは「経済力や軍事力のすべての条件を一変させる新たな予測しなかった事物の発明」の可能性についても示唆している――それは広島に投下された原子爆弾であろう。彼はまた太平洋に世界の《軸足》が移るだろうとも言った。蔓延する平和主義が人々の目を見えなくしてしまっていたとき、「世界の均衡が極度に不安定化し、多方面からの紛争が起こる可能性がある」と

（144）「党派」（『全集』第一二巻、四七頁）。
（145）「独裁について」（『全集』第一二巻、八九頁）。
（146）「独裁について」（『全集』第一二巻、九一頁）。
（147）「私は時おりマラルメに語った」（『全集』第七巻、四一頁）。

診断していた。まさに第二次世界大戦の勃発の前夜のことである。

一九三一年に刊行された『現代世界の考察』に収められた諸論文は、すべて、今日性を持っている。洞察力にみちた言葉に溢れ、驚嘆する読者の耳を素通りするものは一つもない。

どうして人々は猫を猫と呼ぶのにこんなに時間をかけるのであろうか？

行政学院《エナ》(148)に学ぶ学生にこの有益な書物の読書を義務づければ（毎学期作文の宿題を与えて採点する）公益に資するだろう。ワクチンの普及によって、かつて致命的といわれた病気、ジフテリア、小児麻痺、破傷風などが根絶された。将来重要なポストに就く可能性がある若者たちが、ヴァレリーをきちんと読めば、きっと行政に関わる三つの病気の罹患率を大幅に低下させることになるだろう。三つの病気とは、外国への干渉癖、内政における現状主義《プレザンティスム》、そして、遍在するナルシシズムである。

かくしてこのエリート校の指導者たちのよき判断を期待する次第である。

18 物の味方(149)

ヴァレリーは我々の小宇宙には二種類の人間が存在することを知っていた。そしてこの二種類の人間を出会わせることは容易ではない。なぜなら彼らは互いに陶器の犬みたいに冷たく見つめ合っているからだ。

一方の人間はまず書物にあたってみようとする。もう一方の人間はまず事物にあたってみようとする。(150)

(148) フランスの「国立行政学院」は、「エナ（École Nationale d'Administration）」と呼ばれ、行政府の高級官僚の養成機関として知られる。

(149) 原文は Le parti pris des choses.「物の味方」とは、事物をありのままに、克明に観察することで、詩人フランシス・ポンジュの創見である。

(150) 「邪念」（『全集』第四巻、一九六頁）。

ヴァレリーは、ひとり部屋の片隅で、この困難な仕事に挑む。両極を往来しようとする。心的な事象と物的な事象との間の往来、我々の思想と器物との間の往来、それはまさにメディオローグの第一歩である。ヴァレリーはメディオロジーという言葉は知らない。彼はあれこれの発明の中に人間の習俗や思想を変える力を認めて、それを実践した。すなわちヴァレリーは一個の活動する精神である。ただそうした精神は、最初のうちは、見過ごされてしまうのがつねだ。

彼の生きた時代には、文学者が我々の時空の関係を変えてしまうような発明について考えることはうさんくさく思われた。顕微鏡、写真機、ラジオ、内燃機関といったものである。賢者が我々に月を指したとき、どこの国においても、賢者の指を見るのは愚かだと言われる。そうした愚かさはヴァレリーの衣鉢をついだメディオローグに特有のものだ。ヴァレリーは技術アレルギーでも、気難し屋でもなかった。彼は進歩も粗暴な物質主義も、新野蛮人や民族の退廃も、悪しき風俗や世紀末の文学者たちが唱えた繰り言も、非難しなかった。彼の同時代人ポール・レオトーは、聡明な人物だが、彼の書いた有名な『日記』の中で、例えばセントラル・ヒーティングや地下鉄、電話、街灯といった器物を〈悪魔〉の作ったものだと非難してやまなかった。彼は人民戦線《フロン・ポピュレール》に劣らずラジオ（TSF＝Télégraphie sans fil の略）をこきおろした。ラジオは「人間を白痴化する最たるもの」だというのだ。またタイプライターは「あらゆる書き物に回覧板みたいな安っぽさを付与するもの」だと非難する。「こういうおぞましい発明品に浮かれ騒ぐ連中は、精神《あたま》の程度が知れる。」いささか滑稽なこうした守旧派は、そう言いながら、一つの主観の中に、多くの事物が存在し、各時代は既存の道具立てになにがしかのものをつけ加えているという事実を知らないのだ。人間の知性は石器時代から人為的なものである。その意味で太古の石削りや石切りの道具に感謝しなければならない。そのお蔭で、ホモ・サピエンスは自然の軛《くびき》から解放されたのだ。ヴァレリーはそのことを知っていた。彼はそれで気分を害することはなかった。彼は道具が発明家にもたらしたものは何かを執拗に追求した。それは哲学者や、つねに目的意識に拘泥し、手段を顧みないモラリストたちの関心を引く問題ではない。我らが詩人は、けして人が思うような軽薄さからではなく、初めから、マクルーハンが登場する以前に、〈手段〉、〈媒概念《メディヨム》〉を観察している。その証拠はこのマラルメ宛の手紙である(一八九四年一月十四日付)。

親愛なる先生、私は一つの形姿《フィギュール》の中に、あらゆる事象に存する〈手段〉を導入できないだろうかと想っただけです――シャベルから、ペン、言葉、フルート、フーガから微積分まで――一種の道具理論です。人間はそれらを考えずに使用できるようほとんど全精力を傾注してきました。

複製技術の新時代の到来に極めて敏感だったヴァルター・ベンヤミン(151)がヴァレリーから多くを学んだと言ったのは驚くべきことではない。ヴァレリーは地球規模の画期的な原感覚の潮流が到来す

(151) Walter Benjamin(1892-1940) ユダヤ系ドイツ人の批評家・翻訳家・思想家。ナチスの迫害から逃れるためにスペインに行き、そこで自殺した(近年の情報では殺された)と言われる。評論『複製技術時代の芸術』(初版、一九三六年)がフランクフルト社会科学研究所の紀要に掲載された。

ることを早くから見ていた。

作品は一種の遍在性を獲得するだろう。いつでも現前させることができ、あるいは作品の時代へ戻すことが意のままにできるようになるだろう。作品はもはや現物の中にだけ存在するものではなくなり、人がいて器材があれば、どこにでも存在するものとなる。作品はもはや源泉《スルス》でも原物《オリジナル》でもなく、作品の美点はそっくりそのまま意のままに遍在するものとなる。水やガスのように、また電流のように、我々の家に遠くからやってきて、ちょっとした努力で我々の要求を充たすようになる。かくして、我々はわずかな動作で、ほとんど合図を送るだけで、即座に現れかつ消滅する映像や音響を供給されるようになるだろう[152]。

この音と身体間の新たな近親性は、結果的に、「音楽をしてすべての芸術の中で最も求められ、最も社会生活に密着した芸術にするだろう」。ラジオがあれば陰鬱な日々はなくなる。各人、楽しみの時間を選ぶことができるのだ。たしかに、マドリッドにあるティツアーノの絵はまだ我々の寝室の壁の上には投影されない。しかし「そのうち可能になるだろう」、とヴァレリーは一九二八年に言っている。「〈感覚的現実界〉を家庭に配給するための会社」の近々の誕生が予告されている。それはORTF〔＝フランスラジオ・テレビ放送局〕という名前で出現する。この時期に、ソルボンヌ大学のどの教授が写真や蓄音機に興味を持っただろうか？　フランスには一人の預言者がいたが、彼は教授でも哲学者でもなく、独学の美術史家だった。エリー・フォール[153]である。彼はチャップリンに新しい時代の預言者を見ていた。そしてもう一人は、ドイツ人のヴァルター・ベンヤミンである。当時はまったく不遇の作家だったが、ヴァレリーをドイツ語に訳すことに力を入れていた。「ちょっとした動作で現れては消える」ヴァーチャルな世界を発見するのは、鍵盤の上を親指で押すと、たちまち《親指姫》が現れるという事態を予告するものだ。かくして人々は次のようなことができるようになるだろうとヴァレリーは予言する。

I．地球のどこでも、一瞬のうちに、任意の場所で演奏された音楽を聞かせることⅡ．地球のどの地点でも、どの瞬間でも、任意の楽曲を復元できること。以上の問題は解決ずみである。よりよい音質を提供できるように、日々改良が加えられている。(154)

この「〈音楽〉と〈身体〉間の新たな親近性」について、そこからもたらされる悪い影響についても、ヴァレリーは洞察している。「すでに人々はカフェで音楽会の音に邪魔されずに、静かに食べたり、飲んだりできなくなっている」、と。ビストロやレストランにおける静寂はとてつもなく高くつく贅沢になってしまったことは事実である。同様に、彼は自問する。「純粋に聴覚的・口承

(152)「同時遍在性の征服」(『全集』第一〇巻、三一七－三一八頁)。
(153) Elie Faure (1873-1937) フランスの医師・美術史家・随筆家。浩瀚な『美術史』が有名。セザンヌやロシア人の画家スーチンの才能を高く評価した。
(154)「同時遍在性の征服」(『全集』第一〇巻、三一九頁)。

的文学が、やがて、我々にとって親しい文字印刷文学に取ってかわるのではないか」、と。五十年後に音声録音本《オーディオブック》が出て来た。

老眼鏡をかけた我らが保安官〔＝ヴァレリー〕は古典的な意味の〈美〉――静的かつ瞑想的な幸福――が、別の〈美〉、衝撃や運動や不意打ち、彼の懸念する極限的な性急さに基づいた〈美〉にとってかわられる時代が焦眉の間にせまっていることを予感している。なぜなら彼は進歩の中に、芸術を始めとした諸々の在り方に、最小限の努力をよしとする人々が押しとどめ難く台頭してきているのを見て取っていたからだ。現代は最小限の努力――身体的にも知的にも、つねに最小限の労力と経費――で、最大限の成果を生み出すことが求められているのではないか？　怠惰を、何でも安易なものを、奨励する。やがて「作品を作る生みの苦しみや芸術家の疲労がない、純粋芸術という概念がお目見えするだろう」。ジェフ・クーンズ氏[155]はそのことを肝に銘じて活動し、まったく不都合はないと考えている。

19　善人か、悪人か？

幼稚な言い方をすれば、ヴァレリーは左翼か右翼か？　泰然としたテスト氏にたいして、性急に、白か黒かとせまることはすまい。こういう人物にたいしては、三つまで数えてからにしたほうが賢明である。その上で、楽観主義者か悲観主義者かという気質も関係することを認めなくてはならない。この人は性質がいい、改良の余地があると思うときは左翼である。逆にこの人は野蛮で、改良の余地がないと思うときは右翼だ。ところでヴァレリーはどちらか？　悲観主義者としては、まちがいなく、保守である。しかし体制派ではないし、党派性もない。主義主張としては、あれもだめ、これもだめと言うタイプ。しかし実際的には、あれも、これもいいと言う。彼は両側を難詰するが、どちらとも仲違いししない。

おそらく彼は雄弁の敵なのだ。美辞麗句で飾って、ユートピアを駆け巡るてい[156]の話が嫌いなのだ——だから彼は人道主義的な左翼にたいして距離を置き、例えば、ジョーレスの崇拝者たちとは一

---

(155) Jeff Koons（1955-）　アメリカ合衆国の美術家。

緒にならなかった。もちろん彼には《悪い面》で否定し難い、残念な前例があった。若い頃に、頭蓋骨の寸法を測定した人種主義者ヴァシェ・ド・ラプージュの講義や偏執的な反ユダヤ主義者エドゥアール・ドリュモンの講義を聴講していた。またペタン元帥をアカデミー・フランセーズに迎え入れるときの〈答辞〉を読んだのも彼だ（もっとも一九三一年当時の元帥はよき共和主義者と考えられていた）。さらに、ポルトガルの独裁者サラザールに捧げられた書物に、十分な距離を置いてではあるが、序文を書いている。ムッソリーニとも会見している。そもそもヴァレリーにはイタリア人の血が流れているから、会うのは仕方ないが、会見のあとで「つまらない、下品な男だ」と書いている。そういうことはあるが、彼には、偶々、懐疑的なペシミズムという性癖がある。それはけして教条主義的にならず、攻撃的でも、押しつけがましくもない。彼は類人猿がある日脱皮できるとは考えないが、皮膚の色が分類の原則になったり、性差が排除の動機になったりすることは肯んじない。彼は婦人参政権運動に与《くみ》した。彼はまた衰退の時期にこそ文明の最良の時、最も豊饒で祝祭的な時があると考えている。もちろん、一九三九年に「こうしたすべての事態が最終的に一つの狂気、ないしは、全身的な麻痺状態に陥るのではないか[157]」と自問した〈ヨーロッパ人〉である彼をオプティミストと呼ぶことはできない。ただ彼はファシストたちのように、〈衰退〉というリフレインを執拗に繰り返すのは危険なことを知っていた。頭の中に唯一の観念しかないのは、頑迷固陋な人間の特徴である。彼は頭の中の一つの小さな歯車の運動をもう一つ別の反対側に回る歯車の運動で制御することを知っている。彼の理想のヨーロッパはゆるぎなく持ちこたえた。彼はドリュー・ラ・ロシェル[158]や〈統一ヨーロッパ〉の熱狂的な信奉者とは歩調をあわせなかった。〈統一ヨーロッパ〉というのは、ナチスドイツと手を組んだ運動である。完成すればこせこせした主権国家の枠組みから解放されると言われていたからだ。唯一の観念に執着する人々は、唯一の書物に依存する人々と同様、つねに危険である。なぜなら彼らは単純だからだ。単純なものはすべて間違っている、たとえ「単純でないものは、利用できないものだとしても」。

彼はジャン・プレヴォー[159]に門戸を開いた。プレヴォーはやがてレジスタンスの地下組織に入り、ヴェルコールで打ち殺された。解放後、銃殺刑に処せられたロベール・ブラジヤック[160]にも門戸を開いた。《双方に同時に》接することに躊躇はなかった。彼はそれを楽しんでいる。ただし両陣営の先験事項を鵜呑みにはできない。「明らかなことだが」、と彼は「東洋と西洋」の中で書いている。

（156）Jean Jaurès（1859-1914） フランスの政治家。社会主義者、社会党党首。『リュマニテ』*L'Humanité* 紙の創刊。平和主義を貫いて戦争に反対したため、第一次世界大戦勃発前夜に愛国者に暗殺された。

（157）『カイエ』の標目〈歴史－政治〉に収録されている言葉（『全集、カイエ篇』第九巻、三二五頁）。『評伝』第三巻、三四六頁にも引用されている。

（158）Pierre Drieu La Rochelle（1893-1945） フランスの小説家・ジャーナリスト。ドイツ占領下で、ジャン・ポーランに代わって、『ＮＲＦ』誌の編集長となる。代表作は小説『鬼火』、『ジル』など。終戦後、自殺。

（159）Jean Prévost（1901-1944） フランスの作家・ジャーナリスト。一九四二年に雑誌『コンフリュアンス』で〈小説の問題〉をテーマにした特集号を組んだときには、ヴァレリーの名前もみえる。一九四四年、レジスタンス運動の闘士として活動中、イゼール県サスナージュ（Sassenage）でドイツ軍に遭遇し仲間と共に射殺された。

（160）Robert Brasillac（1909-1945） フランスの作家・ジャーナリスト・映画評論家。極右の論客として『アクシオン・フランセーズ』に健筆をふるい、ドイツ占領下ではファシズムに共感し、対独協力の雑誌『私は至るところにいる』*Je suis partout* の編集長になった。戦後その罪を問われて、銃殺刑に処された。

「伝統と進歩は人類の二大敵である。」[161]そして「秩序と不秩序という二つのものが世界を脅かしている。」別の言葉でいえば、右翼と左翼である。だからこそ両翼に門戸を開かなければならないのだ。距離を置いた、皮肉な、しかしにこやかな雰囲気の会見である。それは彼の選んだ道である。彼は会見を希望する者と会った。ブラジヤックは『我らが戦前』の中で証言している。

ある日彼は私を自宅に受け入れた。風邪をひいていたようで、部屋着姿で、くだけた話し方をした。女性は人類の栄誉であると言った。現代作家はあまり読んでないと言いながら、安易さや過ぎた時代にたいする無頓着さを嘆いた。彼がおしゃべりをしている間、私は彼の皺のよった繊細で知的な顔を見ていた。そして彼の会話の中にある軽み、蔭口や地口好きな一面を発見した。友人ならよく知っている特徴であろう。その他彼に親しい観念のいくつかがメリハリのある、飾り気のない言葉で言われるのを聞いた。

——恐るべきは、物質にたいする人間の支配力です。それは人々がそちらに頭を向けたからです。鉄筋コンクリートはどんな物でも作ることができます。空中テラスのようなものもできます、etc. 石の抵抗力の時代が終わったのです。石は使われなくなりました。石は終わりです！　それからヴァレリーは付け加えた。——我々の文明が消滅しない保証がありますか？〔第一次世界大戦の〕戦後の趨勢が続けば、まっしぐらに文明の消滅に向かうでしょう。

皮肉屋の幸福とは最大を最小で表現することだ。懐疑論者とは苛立たず、声を荒げない人間の謂いである。彼の友好的な皮肉はつねに穏やかなトーンで言われる（若き日のマルローを見て「居酒屋のビザンティン人(162)」と言ったのは、けして意地悪からではない）。我々の生きているような時代にあっては、すぐに語気が荒げられ、あいつは人類の敵だということになるので、「私は傲慢無礼、自信過剰、罵詈雑言、威嚇は嫌いだ」という彼の言葉を、毎朝、復唱するといいだろう。

ほどほどにしておくほうが得策であることは、彼が言うように、次のような事態があるからだ。「この世界は極端なものによって価値が生まれ、平均的なものによって持続する。過剰なものによってのみ価値が生みだされ、中庸なものによってのみ維持される。(163)」たぶん彼はみずからの凶暴性に弱音器をつけて、生きながらえる道を選んだのだ。アナトール・フランスの席を襲ってアカデミシアンになったヴァレリーは、紋切型の娯楽文学の代表であるアナトール・フランスが嫌いだったので、先任者を讃える演説(164)で、彼の名前を一度も口にしないことにした。みなさんも嫌いな人がいたら、意地悪をしなさい。呼びかけないことです。相手もわかるでしょう。

当然、彼の同僚たちも辛辣だった。最左翼のジュリアン・バンダ(165)は戦後ヴァレリーを《宮廷詩

---

(161)「西洋と東洋」(『全集』第一二巻、一六〇頁)。
(162)「ビザンティン人」とは、肝心なことは言わずに瑣末な議論に終始する人の意。マルローの独特な雄弁さ(口数の多さ)を揶揄している。
(163)「カイエB　1910」(『全集』第一巻、二三六頁)。
(164) 新しく選出されたアカデミシアンは自分が座る椅子の前任者を讃える演説をするならわしになっている。
(165) Julien Benda (1867-1956)　ユダヤ系フランス人の左翼の批評家・思想家。主著は『知識人の裏切り』(*La Trahison des clercs*, 1927)。

人》呼ばわりしたし、最右翼のベルナール・ファイ[166]は「マラルメの晩年の弟子で、数学の粉をまぶし、哲学のペンキをぬったくった輩」と評した。

「過剰なものはすべて無意味だ」と言ったタレーラン[167]には申し訳ないが、実際、政治の分野では極端は善である。そこでは、我らが進歩にたいする守旧派のように、なにがしかの服従を要求しないと、ある種の危険が生じる。すなわち、死後の孤独である。いかなる万神殿《パンテオン》にも祀られず、いかなるプラカードにも名前がなければ、このパルチザンには死後、彼の思想を維持し普及するための、いかなる支持者団体も存在しないだろう。

それゆえ彼は自分の墓の碑文としてこんな言葉を遺した。「P.V. 他者から殺された者[168]」。他者とは彼の思想を単純化する我々にほかならない。

20　極めつきの不平家

最善策は何かを追求しながら、あからさまに口には出さないよう用心しつつも、結局、あらゆる職種の人たちがやっつけられている。彼は石を投げたり、手榴弾を投げたりする。石や手榴弾とは、口に出さないほうがよい真実のことだ。相手はあらゆる知的分野で、最も名誉ある尊敬されている分野も例外ではない。

歴史の教授たちにたいしては、「歴史家は過去にたいして、カード占いの女性が未来にたいして

(166) Bernard Faÿ (1893-1978) 歴史家、コレージュ・ド・フランス教授。ヴィシー政権に協力し、ユダヤ人で亡命したジュリアン・カーンの後釜として、国立図書館長に任命された。戦後ナチスズムに協力したかどで終身徒刑罪を宣告されるが、一九五九年に恩赦となった。

(167) Charles-Maurice Talleyrand-Périgord (1754-1838) フランスの政治家・外交官。大貴族の出身で、激動の十八世紀末から十九世紀半ばにかけて、革命政府、総裁政府、ナポレオン帝政、王政復古（ルイ十八世、シャルル十世）、ルイ・フィリップの七月王政に至るまで、つねに首相・外務大臣など要職をつとめた権謀術数の政治家として知られる。

(168)『評伝』第三巻、五六三頁にアンリ・モンドールの著書からの引用（Henri Mondor, *Propos familiers de Paul Valéry*, p.266）として掲げられている言葉。モンドールは文学に造詣の深い外科医で、著書『マラルメの生涯』*Vie de Mallarmé* で名高い。ヴァレリーの死後、そのあとを襲ってアカデミシアンに選出された。

するのと同じことをする。しかし女性は占いが当たるか当たらないかが追及されるが、歴史家は知らん顔だ[169]」と言う。

《我思う、ゆえに我在り》を信奉する哲学教授たちにたいしては、「私はある時は考え、ある時は存在する[170]」と言う。

法律がいつか世界をリードすることを夢想する法律家たちにたいしては、「法律は軍事力の幕間劇である[171]」と言う。

現実主義者たちにたいしては、「あらゆる社会身分は諸々の虚構を必要とする[172]」と言う（同様にあらゆる社会運動は、と我々は付け加えたい、いくばくかの錯覚を必要とする）。

事実しか信用しない実証主義者たちにたいしては、「実在しないものの手助けなしには、我々はどうなるだろうか？[173]」と言う。

軍事力の信奉者たちにたいしては、「軍事力の弱点は軍事力しか信じないことだ[174]」と言う。

自由思想と自由主義の信奉者たちにたいしては、「〈自由〉。それは意味よりも価値が主張されるおぞましい言葉の一つだ。語るよりも歌い、答える以上に要求する。それはあらゆる職業を生み出した言葉の一つだ[175]」と言う。

愛情にみちた魂にたいしては、「狼は羊に依存し、羊は草に依存する。草は相対的に狼に守られている。肉食獣が草を守っているのだ[176]」と言う。

自分が考えたことを誇りに思う連中にたいしては、「自分の考えたことを疑う習慣を持たなければならない、なぜなら、それは自分が考えたことだからだ[177]」と言う。

自分を天才だと思うセリーヌの愛読者たちにたいしては、「罵詈雑言は最も安易で最も伝統的な熱狂の形態である[178]」と言う。

老齢の作家たちにたいしては、「年齢が進むと退屈きわまりないことを書けるようになる[179]」と言う。

フォルマリスムの胸繋《むながい》に固執する連中にたいしては、「システムが見えるような文学はおしまいだ。読者はシステムに興味を示し、作品にはもはや文法の用例の価値しかなくなってしまう[180]」と言う。

公的に認定された専門家にたいしては、「有能な専門家とは、規則に準じてあやまつ人間である[181]」

(169)「党派」(『全集』第一二巻、四八頁)。
(170)「外科学会での演説」(『全集』第九巻、一八〇頁)。
(171)「党派」(『全集』第一二巻、五一頁)。
(172)「党派」(『全集』第一二巻、四七頁)。
(173)「神話に関する小書簡」(『全集』第九巻、二九七頁)。
(174)「邪念その他」(『全集』第四巻、三九五頁)。
(175)「自由を論じて潮汐に倣う」(『全集』第一二巻、五二頁)。
(176)「党派」(『全集』第一二巻、五〇頁)。
(177)「言わざりしこと」(『全集』第五巻、二〇九頁)。
(178)「言わざりしこと」(『全集』第五巻、三二二頁)。
(179)「邪念その他」(『全集』第四巻、二二五頁)。
(180)「邪念その他」(『全集』第四巻、二一八頁)。
(181)「邪念その他」(『全集』第四巻、三七一頁)。

と言う。

みずからの企てが画期的で極めて複雑なものであることを確信する革命家たちにたいしては、「極めて美しい女性の夫は、数年間彼女を堪能したあとで、醜女《しこめ》に魅かれることがある。さまざまな芸術の革新とか、おそらく政治分野のそれも、要約すれば、似たりよったりの話だろう(182)」と言う。

こうしたことがあるので、そして例をあげればきりがないが、気分を害した人々がヴァレリーの『言わざりしこと』とか、『邪念その他』などと銘打たれた評論集を読むことを推奨したがらないのだ。彼はそこに数多くのロケット弾を隠している。それは世に認められたモラリストたちにしばしば見られるような、花火ではない。なぜならそれぞれの格言の中になみなみならぬ真実がこめられているからだ。そのすべてを一堂に会せば、堅牢な議論と確実な資料体に裏打ちされた赤絨毯が展開するだろう。

そこから生きながらえるための格言が生まれる。幸福に生きるためには、隠れて生きることだ。

21　完璧なヨーロッパ人

ヴァレリーは愛国者だが、つねに国境のかなたを見ていた。

私は祖国が行動を起こすときには、熱烈な愛国者になる。しかし私は祖国をつねに他国との関係において見ているから、他国の情報を探り、不断に軌道修正している…

それゆえ彼は惨劇の後にきまって花開く大規模な平和構想の外交員となって諸国を行脚した。ヨーロッパ連合の構想である。

彼は絶えずヨーロッパの首都を訪問した。ストックホルム、ブリュッセル、チューリッヒ、プラハ、ウィーン、ワルシャワ、マドリッド、ハーグ、ローマ、ベルリン。行脚の場所にはアルジェリア、チュニス、レヴァント地方も含まれる。ヴァレリーのヨーロッパは広域である。シャルルマー

(182)「邪念その他」(『全集』第四巻、二二七頁)。

ニュの帝国でも、いわんやそれ以外の皇帝や総統《フューラー》のそれでもない。それはホメロス、ウェルギリウス、セルバンテスが生まれ、人々が彼らの書いた書物の一節を多少なりとも記憶している地域の謂いである。その地域には出会いと均衡の場として、中立で、愛想のいい、フランス語使用の都市、ジュネーヴがある（英語が支配的なブリュッセルではない）。

どういう人間がヨーロッパ人と言えるのか？　その精神を共有する者には三つの洗礼盤がある。ローマ、諸制度と法。キリスト教、良心と個人の尊厳の概念。そして、何よりも、ギリシアである。「ギリシアこそ我々を地球上の他の人類と最も深く区別するものをもたらした。[183]」なぜなら、ギリシアは諸々の公理と定理によって、唯一の真に普遍的なもの、純粋科学をもたらしたからだ。要約すれば、

カエサル、ガイウス、トラヤヌス、ウェルギリウスの名前が、モーゼや聖パウロの名前が、アリストテレスやプラトンやユークリッドの名前が同時に一つの意味と権威をもったところ、それがヨーロッパなのだ。[184]

我らが良き愛国者ヴァレリーはあまりにヨーロッパ人なので、『ラクシオン・フランセーズ』（そしてモーラス本人[185]）の毒舌に火を注いだ。彼はそこでとくに《仏独の仲を取り持つ者》と非難された。たしかにヴァレリーは生粋のラテン人としては特筆に値するが、意識的に独仏関係を友好的に保とうとした。ワグナーやゲーテやニーチェを高く評価したばかりではない。トーマス・マンとも

対話した。シュテファン・ツヴァイクやホフマンスタールとも文通したし、オーストリア人のリルケは友人で彼の作品の翻訳者である。仏独友好関係のパイオニアだったヴァレリーは、一九三三年にナチズムによってドイツから追放されたアルベルト・アインシュタインのために、コレージュ・ド・フランスに新しい講座を創設しようとして、極右の激怒を浴びた。ヴァレリーはアインシュタインに一九二六年ベルリンで会っている。『ル・フィガロ』紙の編集長兼社主のフランソワ・コティはその提案に抗議して、「コレージュ・ド・フランスは、迫害されたと思い込み、一般大衆には理解不可能な科学をひけらかす、すべてのユダヤ人を迎え入れるために創られたものではない」（原文のママ）と書いた。そしてアインシュタインはアメリカに住むことになる。ヴァレリーは仏独両国の知的協力関係を深く信じていたので、一九三九年に、ヒトラーの脅威を過小評価してしまった。ドイツは総統とは違うと考えたのだ。ライン川の向こうの健全なドイツ人は、総統の侵略計画には賛同しないだろう、と。それは楽観主義に過ぎ、事態は好転しなかった。

彼は過度に夢見たわけではない。彼が主張したのは〈可能な限りのヨーロッパ〉統一であり、国政にたずさわる者たちが、過激な愛国的偏見や既成概念にこだわらない学者や思想家たちと対話を

---

(183)「精神の危機」の「付記（あるいはヨーロッパ人）」の一節（『全集』第一一巻、五五頁）。
(184)『全集』第一一巻、五八頁。
(185) Charles Maurras（1868-1952） フランスの作家・詩人、アカデミシアン。王党派右翼の思想家・政治家として、『アクシオン・フランセーズ』を主宰した。フランスがナチスから解放されたあとは、終身禁固刑を宣告されたが、病を得て治療恩赦を受け一九五二年に病院で死去した。

することがのぞましいというレヴェルのことだ。実際、彼はジュネーヴやプラハ、あるいは、パリで、精密科学や人文科学のパイオニアたちを集めることに成功した。「何かそれに取って代わるものを持ってこないかぎり、みなさんは合理主義を廃絶することはできません」、と彼は言った。「そして科学は人々が頼りにできる代替物を提供するものです。」彼の主張は時代のオプティミスムである。〈悪魔〉の天使的半面である。

この詩人・数学者は平和主義者である。彼は諸国を統一する力として、平和の因数として、〈理性〉を信じている。ペンクラブ、湖畔外交、幸福感に満ちた諸委員会での活動、戦争を違法とする条約も結ばれた。条約はきちんと署名され、ヨーロッパ連邦の名の下に、さまざまなプロジェクトが競いあった。その仕事には、大使や小説家が肩を並べて携わった。アンドレ・フランソワ＝ポンセとジュール・ロマン、大臣アリスティド・ブリアン、物理学者ジャン・ペラン、詩人＝外交官アレクシ・レジェなどがいた。偉大な人々が壮大な政治プログラムに関心を抱き、現職の政治家たちがジロドゥーの劇を観に行き、ベルグソンを読み、画家のアトリエに出入りした。思想家と政治家の間に初めて橋わたしをしたのはヴァレリーである。「有限世界が始まった(186)」と言った彼は、倦むことなく、あらゆる手段をつくした。この黄金時代、幻想の時代は長続きしなかったが、そうした時代があったことを思い出すことは悪いことではない。

22 精神の政策？

「精神の政策」とは、円積問題のように、簡単には解が導き出せない問題だろう。しかしヴァレリーは熱心にその実現に邁進した。彼は執着し、たんなる言葉遊びに終わらないよう腐心した。そして一九二二年に、ジュネーヴで、文学・芸術常任委員会の結成にこぎつけた――これは将来のユネスコ、すなわち国連教育科学文化機関の原型となるものと考えていい。ユネスコは彼が死んだ一九四五年にパリに創立された。ヴァレリーはこの機関を国際連合（ONU）の前身である国際連盟（SDN）の中に創設するために周到な準備をしていた。国際連盟が崩壊する一九四〇年まで、彼は自分の関わる仕事で最も重要な、最も緊急を要するものとして献身的な努力をした。というのも「〈国際連盟〉は精神の連盟であり、〈精神の連盟〉は虚構ではなく、それはいつの時代にも程度の差こそあれ存在したものだから[187]」である。

(186)「現代世界の考察」の序言にある言葉（『全集』第一二巻、一六頁）。
(187) 国際連盟の中に設けられた「文学・芸術常任委員会」が高級知識人の往復書簡の刊行を企画した際、委員長を務めたポール・ヴァレリーとアンリ・フォションが書いたと思われる主旨説明の文章にある文言。

どうしてそうしたものをこれほど重視するのか？　それはあらゆる政策は、無意識的にせよ、人間についての何らかの理念を内包し、世界を表象するものだからだ。ところが理念と現実との間、言葉と行動との間に、一つの深淵が口を開いた。精神の国際連盟がなすべきことは、その極めて危険な深淵を埋めることである。

このユネスコの前身となるべきものは、人類の遺産の保存や危険に瀕した文化遺産のリストアップをするものではなかった。そのめざすところは、もっと野心的なものだった。〈精神〉という言葉が「他の言葉に比してより深淵な、より知的な、より強力な行動をとる」という主張である。それは「芸術家や詩人や女性」が主張するような超自然的・天上的な実体を指すのではなく、人間や事物を実践的に変革する力を意味する。神秘学ではなく、力学であり、現実界の諸々の可能態に点火することだ。その意味で、ヴァレリーの目には、ヴォルタの電池、電気、ヨーロッパにもたらされたキニーネなどは、パスカルの賭けやスピノザの倫理学と同等の精神的価値と効果をもつものとなる。文明的に有効な行動とは、科学や思想に携わる人々と実践行動を旨とする政治家のような人々との間に不断の意見交換がなされることを前提とする。めざすところは精神の連盟を政治の連盟に反映させることだ。というのは、彼が主張するところによれば、「考える人々にたいして行使された力は政治に関わる人々にたいする力として働く必要がある」からだ。なかなかむずかしい賭けだ。我々はその逆が起こることを知っている。政治を動かすものが、考える人々を抑圧する。世論調査やプレスキャンペーンが政治家の進退を左右することもある。しかし一九三三年に、アルベール・アインシュタインとジグムント・フロイトの間で戦争とその原因についての対話[188]が行われたのは、国際連盟のこの委員会がお膳立てしたものだ。それは忌憚なく言えば、物理学者の敬神的・理想主義的信念と精神分析学者の明晰な現実主義的立場との意見のすれ違いの場であった。

今日我々がふたたびこのような分野横断的で国家横断的な一種のハブ〔＝多方面的な出会いの場〕が、現代の大きな問題に関して、生まれることを待望することは不可能ではない。その上で、〈コミュニケーション〉という大陸が政治世界を支配し、思考の世界の成果を時代に伝える義務を忘れている現状では、あまり生産的な意見交換は期待できないかもしれない。コミュニケーションは言説ではなくイメージを操作するもので、いわんや長期的な展望などは論外である。したがって頭と足はもはやばらばらである。国家予算の財政赤字率やキュウリのサイズなどについての議論ではなく、欧州連合の究極目的は何かという議論のほうがずっとブリュッセルの委員会のためになるかもしれない。そういう議論を起こさないのが理解できない。

我々の話しているのは理念であって、あれこれの言葉についてではない。ヴァレリーは大衆を前に誇張したもの言いをすることを最も嫌う人だ。かれの企てはデフレーションタイプ〔膨張したものから空気を抜く意〕である。世の中に流布した誇張をへこまそうという明白な意図を持ち、我々の代弁をするオウム言葉[189]をきちんと定義しようとする。そうした言葉は意味ありげだが、実態がないので、人々はわかったふりをする。〈自由〉、〈近代性〉、〈幸福〉、〈透明性〉、〈西洋〉、〈ヨーロッ

(188) テクストでは一九三三年となっているが、実際は一九三二年七月から九月にかけて交わされた往復書簡。
(189) 人々がよく考えずに「〔オウムのごとく〕呼び交わす言葉」。ヴァレリーの対話篇『固定観念あるいは海辺の二人』(『全集』第三巻、一四三－二九八頁) に出て来る話題の一つ。

パ〉等々[190]。

23　バラの香水瓶

瓶の周囲をうろうろしても始まらないと人は言うが、この場合、他にどうしようもない。ヴァレリーは問題が何かを示し、それを原理的に見事に解明するが、実際的な解決策は示さない。

問題とは次のようなものだ。文明とは何かといえば、それは必要悪としての虚偽であると同時に真実を装う義務であるということだ。むきだしの事実の時代というのは野蛮である。それにたいして、文明は社会を粗暴さから秩序へと引き上げ、《虚構の帝国》へ照応させる。あらゆる文明化された社会は一つの信用の体系の上に築かれる。信用の体系があるから、我々は貨幣の価値を信用し、株式市場や法律、我々の契約、裁判所や伝統を信用するのだ。他方、文明化され、我々の信用に値する人間とは、何事も偽造され得ることを知っている人間だ。世論、慣例、約束事はみなそうだ。それは神話というか、「存在しないものの現前」の中に敷衍された神話――あらゆる宗教の核心にある――である。文明化した社会を可能にするのはそれである。「神話に関する短い手紙」にその

(190)「等々」は原文英語で：and so on となっている。

ことが説明されている。

存在しないものの助けなしには、我々はどうなってしまうだろうか？　ほとんど何もなくなってしまうだろう。もし諸々の寓話や錯誤、抽象、信仰、怪物、仮説、形而上学の提起する問題などが、我々の内奥や本来的な闇を、様々な形象や心象で充満していなかったら、我々の精神は空っぽになってしまい、しぼんでしまうだろう。[191]

換言すれば、社会がまがりなりにも時間のエントロピーに抗して立っていられるのは、ほとんど何だか知らないものに全面的に負っているということだ。それは真面目な検討の前にはたちどころに潰えてしまうような様々な先験的事象や信仰で出来ている何かである。

ということなら、有効な施策を望む政府は思想家をつかまえて牢屋に入れるほうがいいのではないか。なぜなら批判精神というのはまやかしや曖昧なものを払拭する天職をもった人たちだからだ。ところで、「あらゆる社会には《曖昧な事》を担当する人々がいる（…）。司祭、詩人、扇動者、英雄である。彼らはある種の蒸気で建屋を作る。その建屋は堅固ではないが、半面、永続する。[192]」つねに否定するゲーテのような精神は悪しき精神である。ヴァレリーは集団的信念の既成秩序を認めない。しかしそれこそ個人が協調し、再生産することを可能にするものだ。彼は大衆の気勢をそぐ人間だ。彼の使命は太古から受け継がれてきた根拠なき信念、それによって我々が社会を組織してきた信念を疑うことだ。「どんな社会も」、とヴァレリーは言う。「自身の存在根拠について明確な概念をもつことに耐えられないだろう。」曖昧さの域を脱することはたちまち社会にとって致命的になるだろう。「もし人が生まれ、死に、性愛にいそしもうとすれば、そこには抽象的で不可解な多くのことが混入する。(193)」だから、しかるべき政治家はどちらかと言えば愚人の繁栄に意を用いるべきだということになる。なぜなら、愚人は海綿動物同様、曖昧な観念に吸着する習癖がある。曖昧な観念こそ実験的基礎も理論的根拠もないユートピアである。公的愚昧の維持は国家の義務の一つであろう。そして恐らく我々を白痴化する様々な機械《しかけ》――テレビ、ゲーム、プロスポーツ、かけあい漫才や演歌の類、等々――が果たす役割はそれだろう。かつて厳密な精神を体現した人々はそこに、まさしく、《国家のイデオロギーを表現する機械》の存在を見ていた。

ヴァレリーはそうした難しさをよく認識していたので、自分の内奥の考えをあまりむきになって喧伝しなかったように思われる。次のような指摘もなかなか社会には受け入れがたいものだ。〈神の王国〉、〈階級のない社会〉、〈機会均等〉、〈世界平和〉などという言葉は空疎だ、しかし、それらの言葉は社会を構造化する役割を演じていると彼は指摘する。

このくらいにしておこう。シッー! 静かに!

---

(191)「神話に関する小書簡」(『全集』第九巻、二九七-二九八頁)。
(192)「倫理的考察」(『全集』第四巻、四七二-四七三頁)。ヴァレリーは精神の本来的働きをギリシア語で「アンティ=パン(αντι-παν)、アラユルモノニ反対スルモノ」と命名している。その意味で偉大な精神の人ゲーテは人間社会に「曖昧なもの」が果たす役割を重視する立場からすれば、「悪しき精神」とみなされるのである。
(193)「〈ペルシア人の手紙〉序」(『全集』第八巻、一七六頁)。

24 アメリカという郊外

旧約聖書によれば、イヴは地上に出現した最初の男アダムの肋骨から生まれた。アメリカはヨーロッパの肋骨から生まれた。雄牛に姿を変えたゼウスが我々の大陸へ運んで来たフェニキアの小公女《プリンセス》がヨーロッパである。(194) だから、アメリカ、中でも合衆国はヨーロッパから派生し、発展した国だというイメージがある。かくしてヴァレリーも新世界を我々の世界の投影だと思っている。より西方に巧みに投影された一種のホログラムである。(195) したがって、軽蔑もしないが、特段に評価もしない。そこから時に恩恵を受ける可能性も否定しない。ナチの侵攻前夜、ヴァレリーは、この代子とでもいうべき親族の娘を、災いが起こったときに身を隠す救命ボートのようなものと見ている。一九三八年、アメリカは悪いイメージではなかった。

もしヨーロッパがみずからの文化が消滅あるいは衰退するような事態にいたったら、もし我々の都市や美術館や記念建造物や大学が、科学的大量破壊兵器の戦争によって壊滅させられたら、もし思想家や創造者の存在が、粗暴な政治・経済的状況によって、危殆に瀕したら、我々の慰めや希望のいくばくかは次のような思いによって得られるだろう。すなわち、我々が成したこと、我々の営為の記憶やこの上なく偉大な人々の名前は彼の地に保存され、新世界の随所に、不幸なヨーロッパ人の中のいくばくかの選良の業績を受け継ぎ、新たな生を可能にする人々がいるという思いである。[196]

ヴァレリーがこう言ったのは、英雄的なアメリカ人ヴァリアン・フライ[197]が、フランス文化の華が彼の地で第二の生を享受できるように、侵略されたフランスに救いの手をさしのべに来た二年前である。

新〈秩序〉を守ろうとする革新派やジョルジュ・デュアメル[198]やベルトラン・ド・ジュヴェネル[199]あるいはダニエル・ロプス[200]のような血色のいい穏健派とは違って、ヴァレリーは古いヨーロッパ人が「物質世界の巨人にして、精神世界の小人」と評される国にたいして抱く根強い反感を共有し

---

(194) ギリシア神話に、大神ゼウスが白い雄牛に姿を変えて、フェニキアの王女エウローペーを攫ったという逸話がある。ゼウスは彼女をクレタ島へ連れ出し、そこでミーノースら三人の子どもを得た。
(195) 三次元像を記録した写真。
(196) 「アメリカ論——ヨーロッパ精神の投射」(『全集』第一二巻、一〇二頁)。
(197) Varian Fry (1907-1967) ナチスの支配下にあったヨーロッパに来て救いの手をさしのべたアメリカ人ジャーナリスト。
(198) Georges Duhamel (1884-1966) フランスの作家、詩人。アカデミシアン。
(199) Bertrand Jouvenel (1903-1987) フランスの作家、ジャーナリスト、政治経済学者。
(200) Daniel Rops (1901-1965) フランスの作家、歴史家。アカデミシアン。

なかった。ただし彼は一度も大西洋を渡ろうとしなかったし、合衆国からの招待にも応じなかった。自分が文明世界の中心にいれば、郊外――それが人々の住むベッドタウンであっても――に寄り付かなくてもそれほど問題にはならない。しかしもし彼がそこへ三〇年代に行っていたら――美術史家のエリー・フォールのように――彼はきっと、このいわゆるヨーロッパの落とし児に、とてつもない「エネルギーと粗大さ」、「成長過程にある強大な組織体」、「上昇する樹液」、つまるところ、単なるヨーロッパの引き写しではなく、「独自の文明の最初の徴候」を看取したであろう。そして彼は、ヨーロッパの持つ四つの力のうち、想像力と信用の二つは伝播されたが、批判精神と懐疑主義はまだヨーロッパに残っているから、二つだけでは基礎と未来に確信の持てる文明を作るには不十分だと思ったに違いない。

人類は弾倉にいくつも弾をこめている。〈世の終わり《アポカリプス》〉を唱えるのは早い。自分たちの世界の終わりを見る者はこの世の終わりを宣告する傾向がある。南欧の出であるヴァレリーは、ボールを打ち返すのに、むしろ南米に信を置く。一九四〇年にヴァレリーはビクトリア・オカンポ[201]にこんな手紙を書いている。ビクトリアはアルゼンチンの裕福な美人エッセイストで、完璧なフランス語を操り、『スール』誌の編集長をつとめている。

我々の生存理由である文明が、それをなお出来る限り維持してきた国の中核で、攻撃されました。

一人の狂人によって侵略されたフランスの深奥から、彼はビクトリアに善後策を準備するよう激励している（同時に自分のために靴を一足送って欲しいと頼んでいる）。

野蛮人の群れと一人の狂人に譲歩した文明の残骸〔遺骨〕をひろって下さい。

パリは侵略され、ブエノス・アイレスは自由である。ロス・アンジェルスも自由だ。伝統を受け継いで走るのは彼らだ。

ヴァレリーは世界の時計の文字盤に別の針が回るようになることを十分予測していた。ただこの古きヨーロッパ人は自身のヨーロッパが北の郊外〔＝合衆国〕の軍事力、文化・政治力によって従属させられる時代が来るとは想像していなかった。たしかに、いかに明晰であっても、自分が生きた時代の制約を超越することはできないということだ。

---

(201) Victoria Ocampo（1890-1979）　アルゼンチンの女性作家。雑誌『スール』の創刊者、編集長。富裕な階級の出身で、世界中を旅行し、彼女の生きた時代の世界の主だった作家たちと交友を結んだ。ドリュー・ラ・ロシェルとも親密な関係をもっていた。アルゼンチンの女性解放運動にもコミット、また第二次世界大戦中の反ナチズム活動により、戦後のニュールンベルク裁判に唯一のラテンアメリカ人として招かれた。

25　劇場型社会のために

文明という概念を吟味すると、〈寺院〉、〈裁判所〉、〈議場〉と並んで「人間の連携をはかるために建てられた場所」として、〈劇場〉を最も重視しなければならないことに思い至る。これらの場所は、第一義的に、人々を呼び集め、日常的な情念や利害から解放して、象徴的行為や連帯意識へ引き上げる役割をすることである。そのために心像や言葉が十全に力を発揮する場所が設けられている。劇場社会を忌避する者は人間の本性を忌避する者だ。我々には、本能の最も性急な要求に抗して、舞台と観客席を混同しない奇妙な能力がある。デズデモーナの首を絞めるオセロを見て、やめさせようと舞台におどりでることがないのは、事実の時代を虚構の帝国で置き換える適性が我々にあることを証拠立てるものだ。野蛮人はこうした直接的現実の要請を宙吊りにする二重化作用を知らない。彼らは我々を動物的で功利的な生から引き離し、容認され協調された一つの幻想に没入する想像力の介入を嫌悪する。

人はヴァレリーを舞台に結びつけない。なぜなら、これほど要求の厳しい、写実的なだまし絵にはおよそ無関係な詩人が、ブールヴァールやヴォードヴィルに興味を持つとは思えないからだ。事実、単純な効果、バタンと閉められたドアとか、「芝居がかった台詞」とか、そうしたものは彼の感興には共鳴しない。自我に拘泥する彼は一般受けについては無視する。彼は拍手喝采を求めない。それは役者たちが求めるもの、あるいは彼がコメディアン＝作家と称する連中が求めるものだ。こういう作家連中はお客の反応を重視し、自身をお客に合わせて造形する。彼はある日自分の『カイエ』の中に書いている。「演劇は私から遠いところにある」、と。これは言葉のままに受け取っていい。彼はハイパー演劇あるいは反＝演劇を探索する。それらはすべてギニョール（＝指人形芝居）に淵源する。最も気品のあるものだ。ギニョールは無益な長広舌などない純粋状態の祝祭である。身振りと物真似以外に何もない。

ヴァレリーは紙の上で演劇や音楽劇について考えたばかりではない。マラルメが讃嘆した《総合芸術》、リヒャルト・ワグナーの演劇理論についても考えた。彼はさらに演劇作者として実作にも手を染めた。バレエ・リュスやコメディア・デラルテ、ジャリの『ユビュ王』、パントマイムやバリ島のダンスなどに感激している。社会儀礼としてのマリオネットを殺してしまったと言った彼だが、子供たちの前では喜んでマリオネットを操作した。この分野では、完成した作品よりプランや下書きにとどまったものが多いが、いくつかは音楽家たちに刺激され、一緒になって、完成させた。オペラヴァージョンでは、オネゲルが音楽をつけたリリックドラマ『アンフィオン』[203]がある。『セミラミス』[204]

(202)『テスト氏の一夜』の中にある言葉（『全集』第二巻、一四頁）。
(203)『全集』第一巻、三四一－三七二頁。
(204)『全集』第一巻、三七三－三九九頁。

は、同工異曲だが、三幕の祝典劇で、二篇の詩が歌われ、声楽と管弦楽にスポットライトがあてられている。『ナルシス交声曲《カンタータ》』[205]は台本を彼が書き、音楽はジェルメーヌ・タイユフェールである。そして人生の終わりに、最後の作品『わがファウスト』[206]がある。未完のまま終わった純然たる演劇作品である。そこでは美しき秘書ルスト嬢が彼女の雇い主ファウストを絶望から救いに来る。

エドゥアールⅦ世劇場で、アルディとベルナール・ミュラが演じた『固定観念あるいは海辺の二人』[207]を観た人は、どうしてあの大俳優ジュヴェ[208]が、冷徹な皮肉屋のヴァレリーの傍らに来て、ぜひ自分にこの芝居をやらせてくれと頼んだかがわかるだろう。おしゃべりとテニスが共通する趣味の二人の登場人物の間で交わされる、意表をつく、味わい深い、滑稽で深淵なかけあいが絶妙に演出される。精神を代表する男の考えはあらぬ方向へどんどん発展するが、失恋からうまく立ち直れないでいる。相手の男は絵描きだが、生業は医者であり、休暇に海辺に来て、釣りをしたり、絵を画いたり、夢想に耽ったりしている。その二人が「私」と「ドクター」と呼び合っての会話劇である（『固定観念』はもともと医学会からの注文で書かれた）。二人は浜辺でおしゃべりに耽るが、波音は聞こえても、足は濡れておらず、磯の岩と波止めのコンクリート・ブロックの間にいる。運動する思考の織りなす劇――あらゆる停止した体系とは遠く離れたところでなされるものだ。いたるところで不可測の事態に対面した頭脳のぶつかりあいだ。これは『ラモーの甥』[209]だ。もしくはフーシェとタレーランとのやりとりを描いたブリスヴィル[210]の『夜食』、ベケット[211]のウラディミールとエストラゴンの会話である。精神が日々の惨めな状態から、特段の利害関係も証明すべきこともなく、自由に解放されて起こる事態である。精神が不安定な冒険者になると、たちまち、彼はボードに乗ってやりたい放題をやる。

演劇の持つ異化効果がこれからも長く続くことを望みたい。異化効果は生活に忙しい人々が人生における自分たちの存在意味、自分たちがしていることについて、距離を取ることができることを示している。猥褻な動物的直接性から我々を守ってくれるもの、それは劇場型社会である。それを非難することはよそう。間違いではすまされない、自殺行為だろう。

(205)『全集』第一巻、三〇一-三三九頁。
(206)『全集』第四巻、三一-一八〇頁。
(207)『全集』第三巻、一四三-二九八頁。
(208) Louis Jouvet (1887-1951) フランスの著名な俳優・演出家。一九二三年ジュール・ロマンの『クノックあるいは医学の勝利』で大当たりをとった。ジロドゥーの『トロイ戦争は起こらなかったろう』、『オンディーヌ』、『シャイヨーの狂女』などの演出を手掛けた。映画俳優としても著しい活躍をした。
(209) 十八世紀の作家・思想家、百科全書派の代表的人物ディドロの書いた対話篇。
(210) Jean-Claude Brisville (1922-2014) フランスの作家・劇作家。フーシェとタレーランが一八一五年の一夕、ナポレオンが去ったあとのフランスに王政復古を画策する様子を描いた劇作(『夜食』、一九八九年)で一躍有名になった。
(211) Samuel Beckett (1906-1989) アイルランドの作家・劇作家。一九六九年のノーベル文学賞受賞者。ウラディミールとエストラゴンは劇作『ゴドーを待ちながら』の登場人物。

26 エロス・エネルギュメーヌ[212]

ある日、アカデミーの同僚ブレモン神父[213]から「あなたはだんだん主知主義者になってきましたね」と詰めよられると、我らがカッサンドラは「はい、我々は〈愚か事〉[214]に向かうか、〈知性〉に向かうか、いずれかでしょう」と応えた。それは一九二七年のことで、〈愚か事〉が森の角で知性を待ち受けていた。愚か事あるいは恋愛、ヴァレリーが好んだ仮面だ。「〈情愛《ル・タンドル》〉の敵」を自称し、「己の存在の感性的な脆弱な部分に不断に戦いを挑んできた」人物にとって、それは歓迎せざる不意打ちである。精神を肉体から引き剥がすというのがかつてジェノヴァで誓ったことではなかったか？「恋愛、喜び、苦悩、そうした感情は私を怯えさせ、困惑させる。[215]」そしてさらに強調して「恋愛は相手と共に愚かになることだ。[216]たいして友情は共に利巧になることだ」と付け加える。ヴァレリーは、人間は一人ではいられず、つねに仲間を求める存在だと考える。自分の人生はすべて友情に負っていて、恋愛には何も負っていないと言う。「彼の頭脳は彼が幸福になることを妨げている」[217]、とジッドは言い、ドガは彼を天使だと言った。天使は、早晩、愚かなことをする運命にある。それも可能なら淫らなことを。カトリーヌ・ポジの場合は、壮年期の惑いだった。

私はあなたに出会うために生きてきたからだ
そして私の心はあなたの歩みに過ぎなかった。(218)

心を捨象して生きることを願ってきた者の心が張裂けるような思いである。やがて深夜が近づくと、美しい彫刻家の女性が現れる。一九三一年に彼の胸像を制作したルネ・ヴォーティエである。ヴァレリーは彼女をネエール〔Néère〕と呼んでいる。

生まれつつある愛、と彼は『カイエ』に書いている。それはいつもの自分と違った者になる

(212) 劇作『わがファウスト』の中で悪魔が呟く言葉。「エロス〈Érôs〉」は「愛、性愛」、「エネルギュメーヌ〈énergumène〉」は「悪魔に憑かれた、狂暴なふるまいをする」意。「憑依した性愛」、肉欲に駆られて盲目状態になることを指す。劇中でメフィストフェレスは「野卑な痙攣〈convulsion grossière〉」と言って、若き秘書嬢ルストに思いを寄せる老ファウストをからかう。ただし、ヴァレリーはそこに「精神を奮い立たせる力」といった肯定的なニュアンスもこめている。
(213) Henri Bremond〈abbé〉(1868-1933) カトリックの神父、歴史家・文芸評論家。アカデミシアン。一九二六年に発表した『純粋詩』が話題を呼んだ。ヴァレリーとも親交を結んだ。
(214) 原文：bêtise.「テスト氏との一夜」の冒頭の一文は「愚か事は私のよくするところではない」である（『全集』第二巻、一一頁）。
(215) 『カイエB　1910』にある言葉（『全集』第二巻、二三一頁）。
(216) 「エミリー・テストの手紙」の中の一節（『全集』第四巻、三八頁）。
(217) 〈悪魔〉は〈堕天使〉である。
(218) 詩集『魅惑』に収められた一篇「歩み」Les pas の末尾の二行（『全集』第四巻、一五四頁）。

喜び——予測しなかった、情愛に満ちた、いつもの自分とは違うのを感じる喜びである。[219]

しかし彼女は他の男性を愛している。そしてそのことをすぐ告白する。それにたいして彼は答える。

そんなに愛しているのに、愛されないなどということがどうして可能なのか？[220]

彼はむなしく彼女のまわりを徘徊する。そしてこの愛はプラトニックな愛に終わる。それに彼は不満だった。

これ以上あなたを愛することはできないほどです。それは恋愛とは違います。それはある存在が引き起こす絶対的な情動です——ある種の音楽が引き起こすものと同様、真率で、無際限な感情です。[221]

自分の年では、愛し愛されるのは、夢の中だけと覚って、「苦悩こそ我が真のなりわい[222]」と書く。そして諸々の記憶の断片がよみがえる。

擽られた娘たちの嬌声、

彼女たちの眼、歯、濡れたまぶた、
太陽と戯れる魅惑の乳房、
口づけを許す唇に輝く血潮、
最後の贈り物の前に、それを守ろうとする指、
すべては土の下、死の掟に殉じている。(223)

ヴァレリーの生に宿命的恋愛模様の絶えることはない。最後はジャンヌ・ロヴィトン(224)、〔男名の〕筆名ジャン・ヴォワリエという女性が彼の新たな苦しみとなる。一九三七年の最初の出会いから、一九四五年の死に至るまで、六百通の愛の書簡が書かれた。そのうちのいくつかには忌憚のない言葉がつづられている。

---

(219)『カイエ』一九三一年、XV. 307（『全集　カイエ篇』第六巻、三七九頁）。
(220)ルネ・ヴォーティエ宛一九三二年二月二十二日付の手紙からの引用。ヴォーティエが妻子のある男性と恋仲になり、離婚して一緒になろうとしたがうまくいかず、絶望したことをヴァレリーに打ち明けたときに、彼女を慰めるために送った言葉。
(221)未刊のルネ・ヴォーティエ宛の手紙（『評伝』第三巻、一〇一頁）。
(222)『カイエB　1910』にある言葉（『全集』第二巻、二三一頁）。
(223)詩「海辺の墓地」の第十六節（『全集』第一巻、二三五頁）。
(224)Jeanne Loviton（筆名Jean Voilier）(1903-1996)。

私の美しい人、私の愛でおまえを包み、微笑みかけ、愛撫し、私の全存在で語りかけ、見つめ、触れ、食べ、齧る、どの部分も美味だ、そして今度は身を低くして下を潜《くぐ》り抜ける、いつもの習慣でおまえの周囲を回って、庭に戻ってくる(225)……

「感情空間で鬼ごっこをするためには」エロスが日々横溢する必要がある。なしにはすませられないと告白するこの愛情の向かう終着点にいる女性は、作家兼弁護士で、浮名を流す実業家だ。心はよそにあるので、ヴァレリーにつかまらないようにしている。ブラッサンスのシャンソンを思い出す。「牝牛の皮を着た綺麗な花、花に姿を変えた綺麗な牝牛。(226)」最初、彼女はヴァレリーにとびついた。なぜなら、自分の文筆業のために彼が必要だったからだ。それから彼をつきはなす。なぜなら、他にもっといい相手が見つかったからだ。ずっと若く、仕事上の肌合いもあう出版業を営むドノエル(227)だ。それを知ってヴァレリーは絶望する。

おまえのことを考えると気が狂いそうだ。《気が狂う》と言ったのは、この執着が尋常でないからだ。今朝はそれで病気になった。おまえが現れて、おまえを愛撫していた。この状態は性的なものとは別だ。おまえの手、腕が欲しくなり、おまえを抱きしめ、おまえに抱きしめられたい、おまえを呼吸し、一緒に呼吸したい(228)。

彼女がドノエルと結婚すると告白したときには、ヴァレリーは窓から飛び降りたいと思ったほどだ。相手は大きな出版社の社主で親独派《コラボ》である。彼はほどなく街中で暗殺されるだろう。恨みを買って殺されたのかもしれない――彼女が一夕劇場へ同伴したときのことだ。

おまえは死と私の間にいた。しかしああ、私は生とおまえの間にいたようだ[229]。

恥ずかしがり屋が服を脱ぎ出すと、全部脱いでしまう。冷ややかな人間が打ち解けると、四十度の熱を出す。そしてジャンヌが彼の手紙に返事をしないと、彼は「おまえがいないと、体が冷え、魂が冷え、知性が冷える」と書く。

窓から飛び降りたくなる、苦悶にあえぐ私に憐れみを。私は一時間以上も得体のしれないものの極限にいた。本当に、地獄だ[230]。

---

(225) Paul Valéry, *Corona & Coronilla, poèmes à Jean Voilier*, Editions de Fallois, p.169. なお同詩篇は *Lettres à Jean Voilier*, Gallimard, p.443 を見ると、一九四四年六月十二日付の封書で他の詩一篇と共にジャン・ヴォワリエ宛に送付されていることがわかる。みすず書房刊のヴァレリー詩集『コロナ／コロニラ』には採用されていない。
(226) ジョルジュ・ブラッサンスのシャンソン「綺麗な花」の一句。
(227) Robert Denoël (1902-1945) ドノエル出版社社主、編集者。セリーヌなど多くの作家の本を出した。
(228) 一九三九年六月七日付と推定されているジャン・ヴォワリエ宛手紙（*Lettres à Jean Voilier*, Gallimard, p.109）。
(229) ジャン・ヴォワリエ宛未刊行の手紙（『評伝』第三巻、五五七頁に引用されている）。
(230) ジャン・ヴォワリエ宛未刊行の手紙（『評伝』第三巻、五五八頁に引用されている）。

一九四五年五月二十二日、最後の手紙を書く。自分はもう立ち直れない、生に決着をつけたいと言明する。それでも『カイエ』の最後の頁に震える字で自分の人生を振り返っている。

　わが人生を要約する。自分の人生は終わった、なぜなら、もはや自分には未来を要求するようなものは何一つ見出せないからだ、今後に残された余命は無意味な時間の流れに過ぎないだろう、いずれにせよ、自分は自分にできることをした。私は知っている。1　一定程度〈私の精神《モン・ネスプリ》〉の何たるかを。私が発見した重要なこと――私はその価値を確信している――を私の断章《ノート》から〔抽出して〕読み解くことは容易ではないだろう――それは私の仕事ではない――2　私は自分の心（my heart）についてもかなり知っている。心は勝ち誇る。何よりも強く、精神よりも、肉体《オルガニスム》よりも〔強く〕。――これが事実だ。不可解極まりない事実である。生存欲よりも、理解力よりも強力なのが、この途轍もないＣ〔＝Cœur〕――だ。《心》――言葉が不適切だ。私としては――少なくとも、この恐ろしい共鳴体《レゾナトゥール》の本当の名前を見つけたい[231]。赤裸の心。そして何か、心とは？　二行あとに、答えがある。

　心は依存することに存する[232]。

これ以上つけくわえることは何もない。

(231) 標目「情動性」(『全集カイエ篇』第六巻、一七九 - 一八一頁)。
(232) 前注の断章の終わり近くにある言葉。

27 共和国大統領？

そして恋愛の挫折ではなく、フランスの敗走[233]は我らが主人＝奴隷をどんな状態におとしいれたか？　敗走は彼をブルターニュへ疎開させる。そして政治的には、注意深く見守る一方、事態の好転をのぞむしかない。ペタンがラジオで停戦を宣言するのを聞いて、彼は泣き崩れた。しかし反旗を翻すには年を取り過ぎ、意気阻喪して力が出なかった。レックス[234]ことジャン・ムーラン[235]が、一九四二年十二月に、カトリーヌ・ポジの息子で若きレジスタン闘士ロランことクロード・ブールデに、ヴァレリーとジッドというフランスの栄光を代表する二人に接触して、二人が自由フランスに加担することを公に表明させようとした。しかし二人は応じず、クロードは離脱だと憤慨した。ヴァレリーは反乱将軍（＝ド・ゴール）と心は一つだったが、自分がアカデミーに迎え入れた元帥（＝ペタン）に真っ向から対立するのは礼を失すると思った。しかし、占領下の暗黒時代に、彼は一度ならず検閲の網をかいくぐって表舞台に姿を現した（大方の者たち同様、しばらくは、ペタンにエールを送っていたが）。ユダヤ系の哲学者ベルグソン[236]が死ぬと、彼はすかさずベルグソンの業績を讃える感動的な追悼演説をした。ヴァレリーはまた、モントワールでヒトラーと会見したペタンを讃える上奏文の採択をアカデミー・フランセーズで棄却させた。一九四〇年には、〈人類博物館〉所属の活動家ボリス・ヴィルデ(237)を死刑判決から救う活動にも参加している。一九四三年には、スイスで刊行された〈抵抗運動《レジスタンス》〉のアンソロジー『フランスの領分』にも寄稿し、一九四五年三月には、共産主義の指導者フランソワ・ビユー(238)と共にパリのデモ集会の議長を務めるだろう。

輝かしいものは何もないが、ゆるぎない権威が保持され、ヴァレリーは一種のレジスタンスの闘士とみなされている。パリに凱旋したド・ゴールの評価も同じで、彼はド・ゴールが根城とした陸軍省の晩餐会へ招待された。ヴァレリーが献辞を付して送った『わがファウスト』にたいして、ド・ゴールは直ちに単なる謝辞にとどまらない丁重な礼状を出している。「わが親愛なる先生、高名な人物に関わる壮大なテーマについて著されたご本は私にとって格別の価値を持つものです。ご恵存いただき感謝申し上げます。どうか小生からの深甚なる讃嘆の気持ちをお受け取り下さい。」

(233) ヒトラーのドイツ軍があっという間にせまってきて、パリを占拠する事態をさす。
(234) ジャン・ムーランが使った偽名の一つ。レックス（rex）はラテン語で「王」を意味する。
(235) Jean Moulin（1899-1943） ナチスによる占領に抵抗したレジスタンス運動の指導者。激しい拷問を受けたが情報を漏らさず、ドイツへ移送中に死亡した。フランスでは、国民的英雄として、彼の名前が多くの町の通りや建造物につけられている。
(236) Henri Bergson（1859-1941） フランスの哲学者。アカデミシアン。一九二七年ノーベル文学賞受賞。
(237) Boris Vildé（1908-1942） ロシア系フランス人の民俗言語学者。パリの人類博物館のレジスタンス運動グループの一員として逮捕され、銃殺された。
(238) François Billoux（1903-1978） フランスの政治家・コミュニスト。戦後のド・ゴール政権下で厚生大臣、経済大臣を務めた。

ド・ゴールは礼状の相手がかつて未来の共和国大統領に目されていた人物であったことを知っていただろうか？〈抵抗運動《レジスタンス》〉国家評議会議長ジャン・ムーランは、〈解放〉後の第四共和政の制度について議論をしていたときに、大統領にするのはヴァレリーが適当ではないかと言ったのだ。ムーランは秘書のダニエル・コルディエ(239)の前でそう言ったので、のちに秘書がその言葉を伝えている。

「第三共和政のような議会制を敷くか、あるいは、アメリカ型の大統領制を導入するか？　前者なら、閣議の長〔＝首相〕の権限を強化して、共和国大統領の役割を国家統一の象徴としての役割に限定する必要があるのではないか？——その場合、とレックスは言った、大統領には知識人を選ぶべきであろう。」

「少し間をおいて、彼は言った。大統領の政治的役割は、前任者同様、目立たないものになるだろうが、この数年の惨めな経験のあとでは、フランスはかつての文化的輝きを挽回する必要があろう。ポール・ヴァレリーはどうだろうか？　フランスの輝きのためにはこれ以上の人材はないのではないか？」

もう一つパリのアンネ・フランクとでも言うべきエレーヌ・ベール(240)の『日記』の第一頁——一九四二年四月七日火曜日四時——にこんな記述がある。これはこの老人の権威が若者や庶民の間でも大きかったことのあかしである。彼女は勇気をふるって、黄色の星を服につけて、パリの街を横切り、ヴァレリーの住むヴィルジュスト通り四十番地まで行った。用向きはただ献呈辞の付いた著書を受け取ることだった。

「《ヴァレリーさんが私に小包を託していきませんでしたか？》（我ながらちょっと自分の厚かましさに驚いていた、ちょっとだが。）門番の女性は管理人室に入って訊いた。《お名前は？――マドモワゼル・ベールです》彼女は机のほうへ行った。見ていて私は本がその上にあるのがわかった《ありがとうございます！》愛想よく門番の女性は《どういたしまして》と言った。そして私の名前が黒いインクではっきりとした字で小包の上に書かれているのをちらっと見ただけで、外に出た。本の見返しに、同じインクで《エレーヌ・ベール嬢のための一冊》とあり、その下に《目が覚めると、光がとても優しく、清新な青が美しい。ポール・ヴァレリー》と書かれていた。」

「私は有頂天になった。私の信頼感を裏書きしてくれた喜び、陽気な太陽と綿雲の浮かんだ、洗われたような青い空がぴったりだった。私は心に勝ち誇ったような気持ちを抱き、両親が何と言うだろうかと考え、信じられないようなことが現実になるんだという思いを胸に、歩いて帰った。」

しかし彼女にとっての現実は、ベルゲン＝ベルゼンの収容所に送られ、フランスが〈解放〉される数日前に死ぬことだった。

(239) Daniel Cordier (1920-2020)　極右のアクシオン・フランセーズの親派だったが、ペタン元帥がヒトラーの軍門に下って停戦交渉に入ったのを見て、ロンドンに亡命したド・ゴール将軍の「自由フランス」の呼びかけに共鳴し、レジスタンス運動に挺身するようになった。一九四二年－一九四三年、ジャン・ムーランの秘書を務めた。戦後、殉死したムーランの浩瀚な伝記を書いている。

(240) Hélène Berr (1921-1945)　ユダヤ系フランス人。一九四二年－一九四四年の『日記』が二〇〇八年になって公刊された。彼女の日記はヴァレリーから贈られた本を受け取った日から始まっている。

28 死ぬ前の最後の言葉

一九四五年五月、やがてノーベル文学賞を受賞する英国の詩人T・S・エリオット[241]がパリのヴァレリー家を訪れた際、ヴァレリーは彼に「ヨーロッパは終わりだ」と言った。そして死の数週間前、ラジオのために録音された「文明の将来」と銘打った演説で次のように言っている。

〔ヨーロッパは〕数世紀来の世界にたいする支配権を失った。(…)今問うべきは、そしてそれは精神世界全体において問わなければならないことだが、以下のような問題である。果たして西欧文明は、なかんずく地中海文明は、今後存続し得るのか、我々は〈歴史〉が語る諸文明の末路に相当する衰退の域に達したのではなかろうか、とみずからに問うてみなければならない。(…)。(一九四五年五月二十三日)

これは、《欧州復興計画》[242]が打ち出される何年か前のことだから、大変な見当違いのようにみえる。ここでも彼は放射線を当て透視図を見せようとしている。前兆をとらえ、悲痛な思いに駆られている。崩壊したのは彼自身が監視する社会の地平である。ヴァレリーは生涯ヨーロッパ文化を一つの政治体制へ変形しようと努力してきたのではなかったか？　精神的ゆえに政治的だといえるように。それは、かつてアンリ四世とシュリー[243]大臣の下で夢みられたキリスト教文明のヨーロッパではない。あるいはヴィクトル・ユゴーが夢みたフランス共和政が大陸全般に行き渡るようなヨーロッパでもない。さらに、自由貿易と自由創造に基づいた、リルケ、ピランデルロ、オルテガ・イ・ガセット、英国人ゴールズワージー、シュテファン・ツヴァイクなどが、各人、自国の言語で平等の立場で自己表現できるような空間でもない。終わったのは、それまで直接携わってはこなかったが、未来の指針を与え続けてきた一つの文明である。ヴァレリーは市場の統一ではなく、精神の統一を考えていたのだ。精神の統一とは、その多様性が特徴である。

　彼は地政学者である。産業や軍事面で崩壊しても、精神だけは無傷で生き残ると信じるほど観念論者ではない。ヨーロッパがその地位を失い、その支配権と共に、その優越感と自信を喪失したことを彼はよく見ている。彼はヨーロッパがこの三十年戦争で大量出血して疲弊し、抗いがたい〈新世界〉、帝国主義的な、アングロ・サクソンの征服者の力に呑みこまれてしまっていることを知っている。その基礎はもはや地中海ではなく、大西洋である。中心が変わったのだ。ローマはもは

（241）T. S. Eliot（1888-1965）　アメリカ系英国人の詩人・劇作家・文芸評論家。一九四八年のノーベル文学賞受賞者。

（242）第二次世界大戦で疲弊した欧州各国の復興を援助するためにアメリカが提案した計画。当時の国務長官の名前を取ってマーシャル・プランとも呼ばれる。

（243）Maximilien de Béthune, duc de Sully（1559-1641）　フランスの貴族。大臣としてアンリ四世を輔佐した。

やローマに在らず。彼が予測したのは、パックス・アメリカーナが、西欧の名の下に、あらたなブロックを創るだろうということだ。そこではヨーロッパは宗主国《ドミニウム》ではなく領土《ドミニオン》である。先生ならず、生徒である。また別の面で言えば、政治権力は経済に移転され、物資的利益が最終目標となり、会計士が王となった。今後世界の相貌を一変させるものは、ヨーロッパの軛から解放された新奇な娘で、やがて彼女が、変わらぬ〈歴史〉の法則によって、新しい芸術・武器・法律の母となり、保護者となり、継母として君臨するだろう。〈ヨーロッパ〉が正確にいつ死んだのかを言うことは、〈ヨーロッパ〉が生まれた日を言うのと同じくらい難しいだろう。ヨーロッパが人類に与えたものの中には不可逆的なもの、のちのちまで後を引くもの、多少なりとも持続可能な諸制度があるだろう。敗者もなお子孫を創り、遊び、車や詩や映画や議会を生産し続けるだろう。要するに、仕事をやめることはないし、美しく壮大な幻想を育むこともあるだろう。結局、いつか、カルタゴが陥落し、アルマダ艦隊が嵐の中で沈没し、ナチの軍隊がシャンゼリゼを行進する日[244]が来るということである。夏至や秋分は各人が好きなように設定すればいい。

「我々文明なるものは、今や、すべて滅びる運命にあることを知っている」[245]、とヴァレリーは一九一九年に注意を喚起していた。一九三九年、戦争前夜、まだ時報サービスがあった時代、彼は書いた。「〝四つ目の音〟で——即……一つの世界《カプート・ムンディ》は終わりだ[246]。」たしかに、〈ヨーロッパ〉は世界そのものではない、世界の一つだ。世界の破局が起こると、その世界が滅亡するのと同時に、その後継者が準備される。より広大で、人口の多い郊外《バンリュー》に自分の権能をもたらした手段を移譲するのだ。〈ヨーロッパ〉はそうした手段を〈オリエント世界〉から受け継いだ。そして、五、六世紀を経て、言うなれば、それを〈北米《アメリカ》〉に譲ったのだ。〈北米〉はそれが、現在、中国やアジアに移っていくのを不承不承見ている。それはゲームの定めだ。ヴァレリーはそのことを知っている。彼は自身そうした現象を見事に叙述している。何も死にはしない、変容するだけだ。打ち手がいなくなると、いつもどこかに、バトンタッチして、人間ボールを打ち返す者がいる。

さて、よく考えると、〈ヨーロッパ〉が〈歴史〉の外に出たときに、地上から姿を消すということは、〈ヨーロッパ〉人としてはそれほど悪いことではない。いずれにしても生きながら断腸の思いを味わわずにすんだのである。

---

(244) 第二次世界大戦で独仏は決定的に決裂したようにみえたが、やがて欧州連合（ＥＵ）の成立と共に、軍事的にも手を取り合っていくことになる。シャンゼリゼ大通りをドイツ軍の兵士がフランス軍の兵士と共に行進したのはそれゆえである。

(245) 『精神の危機』（『全集』第一一巻、二四頁）の冒頭の一文。

(246) 時報サービスに電話をかけると「四つ目の信号音（ピッ）で何時何分です」という音声が流れる。この言葉は訳注(157) に引用されている『カイエ』の断章の末尾の言葉。

29　生花と花輪

暫定政府首班ド・ゴール将軍が、一九四五年七月二十日、ヴァレリー死去の報を受けて、ただちに単なる哀悼の意をおおやけに表するというのではなく、国葬の栄をもって遇する決断をしたのは、なぜだろうか。国葬という最高の栄誉はそれまでフォッシュとかジョッフルといった元帥に限られていた。言うまでもなく狂気の愛のなせるわざではない。

六月十八日の男が[247]、トロカデロのテラスにやってきて、頭を下げた――三色旗に包まれた棺台、葬送行進曲、儀仗兵、ブラスバンドと太鼓。ヴァレリーとは何者なのか？　フランスで最も尊重されるべき何かを体現した人物だ。T・S・エリオットは彼を二十世紀前半の詩人を象徴する人間だと思っていた。というのは、彼によれば、「それはイェイツでもリルケでも、他の誰でもなく、彼だからだ」。ヴァレリーは戦場で死んだわけではない。彼は見たところはごく普通の市民だが、フランス共和国〈文芸〉の傑出した役割を体現した人物であり、当時の人々の考えでは、精神に関わる諸々の企図、科学のパイオニアとして顕揚されたのだ。

フランスが解放されたときに死んでも、モーリス・シュヴァリエやティノ・ロッシではヴァレリーの代わりはできなかったろう。諸々の若者たちのアイドル、アメリカ人もどきのスタジアムを埋めつくす大スターでもだめだ。意気阻喪したフランス人が再び自分に出会い、自分を取り戻し、元気になるには、〈言葉〉の象徴的な高みに身を置く以外になかったのではないか？ 彼こそ、二大戦間に、難解な詩を書く詩人でありながら、全〈ヨーロッパ〉に全権大使として送りこまれたフランス国家の要石《かなめいし》である。舞台や銀幕は、〈ドイツ占領下〉では、対独協力でもないかぎり鬱屈していた。作家たちは、もっと分断されていたが、明白な知的レジスタンスを涵養して、多大な犠牲を払った。デスノス、エリュアール、ヴェルコール、アラゴン、ジャン・プレヴォー、カヴァイェース、等々…。文学者の中では、詩人が重視されていた。ダニエル・コルディエの日記——まだ出版されていない——を読むとそれがわかる。

一九四二年の冬のある日、ジャン・ムーランがリヨンのコルディエの部屋を訪れる。部屋には沢山の本が散在していた。パスカル、ランボー、聖書、ルバテ(249)の『残骸』。ムーランはダニエル・コルディエに言った。

---

(247) ナチスの軍門に下ったペタン元帥に対抗して、ド・ゴールがロンドンのBBCから〈自由フランス〉を宣言したのが一九四〇年六月十八日である。

(248) ジョニー・アリディ（Johnny Hallyday 1943-2017）のことか？ フランス人の歌手で、アメリカン・ロックのカバー曲を歌って絶大な人気を博した。

(249) Lucien Rebatet（1903-1972） フランスの作家、ジャーナリスト。ファシストで対独協力者として、戦後、長く投獄されていた。その後、死刑から無期懲役に減刑され、一九五二年に釈放された。『残骸』は一九四二年に発表された激烈な反ユダヤの告発書。

「棚からヴァレリーの『選集』を引き出したムーランは、私がヴァレリーの最近の出版物にはナチズムをはっきり容認する箇所があるので不愉快だと言おうとすると、すかさず私に聞いた〝ヴァレリーは好き？〟と。彼のエッセーは素晴らしいと思いますが、詩人としては私の好きなタイプではありません、と私は心の内を明かした。アポリネール、ボードレール、ランボー、ペギーは素晴らしい。彼らの詩ならいくつも暗誦できます。ヴァレリーの詩は一つも覚えていません。〝しかし彼は最も偉大な詩人だよ〟とムーランは私の言葉を遮って、高らかに次の一節を朗唱した。

太陽よ！　太陽よ！……間違った輝き！
おまえは死を覆い隠す、太陽よ
（…）
おまえは人々の心に覚《さと》らせまいとする
宇宙は〈不在〉の純粋さにおける
一つの欠陥にすぎないことを！[250]」

「私は唖然とした。私はヴァレリーの詩が朗唱されるのを一度も聞いたことがなかった。レックスの熱い親しみのある声が、この詩行の素晴らしさを私に啓示した。私は初めてその光輝に触れた思いがした。私は燦爛たる光輝に圧倒された。戦争など遠くに行ってしまった！　彼と夕食を共にしなければならないことが残念だった。それほど私は一人になってその素晴らしい詩行——かつては好きになれなかった――をあらためて読み直してみたかったのだ。」

「私の部屋を出ながら、階段で、ムーランは〝とてもいい部屋だね〟と言った。一見静かなこの部屋が以前は火薬庫であったことを知ったら、彼は何と言っただろうか。私は衣裳戸棚の中に外国紙幣で予算の一部を隠しておいた。肘掛椅子の下には自分のラジオ受信機、寝台のマットレスの下には拳銃が隠してあった……。〝君の書棚には『現代世界の考察』がなかったね。好みじゃないの？〟――私は読んでいなかった――〝そこにはたぶん彼の最良のエッセーが入っているよ。とくに推奨するのは「精神の自由」と「ヨーロッパ」だ。我々が直面する問題がすべて扱われている。「独裁」と「進歩」も読むといい。きっと君も彼の明断さに感心するだろう。我々はみなその明断さの後を走っているし、この世界の複雑さが見事に整理されている〟」

「私は彼がどうしてヴァレリーを共和国の大統領にしようと思ったのかよくわかった。」

ダニエル・コルディエはそのことを理解するのにいくらか時間がかかったことを告白している。しかし我々の遅れと比べればたいしたことではない。今からそれほど遠くない時代に、生涯いかなる公的役職に就いたことも、議会の論戦に参加したこともない人物が、国家の首班となるべき人材

(250) 詩集『魅惑』の中の「蛇の素描」の一節（『全集』第一巻、二〇三―二〇四頁）。
(251) 正確な題名は「ヨーロッパの盛衰に関する覚え書」（『全集』第一二巻、二二一―二二九頁）。
(252) 「独裁の理念」（『全集』第一二巻、七八―八五頁）と「独裁について」（『全集』第一二巻、八六―九一頁）という二篇がある。
(253) 正確な題名は「進歩について」（『全集』第一二巻、一四四―一五一頁）。

とみなされていたことに、我々はただ目を丸くしているのだから。時間の経つのは早い。

30　煉獄(254)

しかし、喇叭《らっぱ》の音で埋葬されたヴァレリーに新しい世代の鉄槌が下されるのにはあまり時間がかからなかった。新世代の横柄さと蔑視。戦後のヌーヴェル・ヴァーグは実存主義、政治参加であり、〈不滅の人々〉より、最新ニュースに関心を寄せる。ヴァレリーの冷静で控えめな姿勢、その外見にはこの世代を喜ばせるものはなにもない。彼の詩はまったく恥じることなく過去を向き、超然として、「新世代の子供染みた新らしもの好き」を批判していた。人々はそこで、アポリネールが打ち出し、シュルレアリスムがその恐るべき子供たちとなった《新時代精神》が批判されていると思った。すでにコクトーは『日記』の中で彼に《悪魔《デモン》のいない詩人》というレッテルを貼っている。曰く「謎かけ、クロスワードパズル、文字なぞ、語呂合わせ、その他諸々の精神的遊びの気取った名鑑《アルマナック》、それが謎《エニグム》の形で荘重に飾られている」。そして一九四七年一月、ヌーヴォー・ロマンの先

(254) 原文はpurgatoire。「煉獄」とは天国へ向かう前に、死者が生前の罪業の垢を洗い落とす試練の期間を指す。比喩的には、生前に名を成した作家が一度忘れられ、再び生者の世界に復帰してくるまでの期間を指す。

陣を切り、《疑惑の時代》のトップランナーとなったナタリー・サロート(255)が『レ・タン・モデルヌ』誌に「ポール・ヴァレリーと小象」という論文を発表して、ヴァレリーをおおやけに非難した。「冷徹なアカデミシアン、つくられた品位、姥桜《うばざくら》の嬌態、新古典派まがいの装飾漆喰《スタッコ》、巧みな計算《アルティフィス》と他人の模作《パスティッシュ》、念の入った変奏、甘ったるい気取り。」彼女は手加減しない。そして最後《イン・フィーネ》に凡才侯爵の作ったソネを嘲笑するアルセスト(256)を引用する。「率直に言って、こんなものは便所に捨ててしまうがいい／あなたは悪いモデルを参照しすぎた／あなたの表現は、まったく不自然だ。」しかしそうした直情径行を忌避することは、ヴァレリーがみずからの戒めとし、方法としたことだ。彼の詩はよく考えられ、蒸留され、挑発的なまでに余分な水気を除去したものである。「真の詩人であるための真の条件は夢の状態から最も遠いところにいることだ(257)。」あるいは、こうも言っている。「困難がないところでは、書く喜びもない(258)」、と。彼は誰よりも、そしてマラルメ同様、抽象的なことを天鵞絨《ビロード》のように滑らかにし、純粋観念を官能的、感覚的にすることを知っていた――「果実が融けて快楽に変わるように／果実の形が口の中で壊れて不在が美味に変わるように(259)」。しかし彼の領分はアルトー(260)の側、叫びを記述する側にはない。彼の彫琢した詩はこの上なくメロディアスだが、〈フランス解放〉は、風俗も規則も、より直接的な、より扇情的な調子を要求した時代だった。ヴァレリー自身、自分が時代から乖離していることを意識していて、自分が書いた昔の詩を読み直して、こう結論づけている。「私が作ったものはすべて何の意味もない。予想外のこともないし、不足もない(261)。」そして我々も時には彼に賛同したくなる。ヴァレリーを賛美していたジュリアン・グラック(262)も、マラルメ伝来の「隙間を埋める接着材の不足」を指摘せざるを得ない——私なりに敷衍すれば、賦形剤がほとんどない所に分子が詰まり過ぎているということだろう——そこから、グラックの言葉にしたがえば、「意味が詰めこまれすぎて、鬱血状態になる」。意味が多すぎるとは、甘すぎるデザートみたいなものだ。

こうした批判にどう答えるべきか？　熱いものが冷たいものより、自然発生的なものが制御されたものより、抵抗力が強いという保証はない。集団的記憶はむしろ逆を証明している。自動記述という、ある種、逆説的にも、洗練された試みは、一時代が過ぎると跡形もない。それにたいして、古典的な詩句の確実な価値は定着液の機能を果たしている。古くさくならず、過去の遺品を想い出させる記憶術だ。我々の頭に浮かぶ、もしくは、残存している詩句の数はごくわずかである。「可愛い娘よ、バラの花がどうなっているか見に行こう」〔ロンサール〕、「アリアーヌ、わが妹よ、どんな愛で傷ついたのか」〔ラシーヌ〕、「影はつねに黒い、たとえ白鳥の落とした影でも」〔ユゴー〕

(255) Nathalie Sarraute（1900-1999）　ロシア系フランス人の女性小説家。評論『疑惑の時代』を発表し、ヌヴォー・ロマンの書き手として活躍した。
(256) Alceste はモリエールの喜劇『人間嫌い』の主人公。
(257)「〈アドニス〉について」（『全集』第八巻、一一二頁）からの引用。
(258) ジッド宛一九〇〇年八月二九日付の手紙からの引用（『ジッド＝ヴァレリー往復書簡　2』、一七三頁）。
(259)「海辺の墓地」の第六節。
(260) Antonin Artaud（1896-1948）　フランスの俳優、作家・詩人。〈残酷劇〉を提唱、現代演劇や思想に多大な影響を与えた。
(261) 一九一八年四月八日付妻ジャンニー宛未刊の手紙（『評伝ポール・ヴァレリー』第二巻、四四頁に引用されている）。
(262) Julien Gracq（1910-2007）　フランスの小説家・批評家。

――ロンサール、ラシーヌ、ユゴーの詩句だ。ヴァレリーもそうした詩人の一人である。「月並みな言葉で書く、それが天才だ[263]」、とボードレールは言っていた。「私はそういう詩を書かなければならない。」月並みとは、現代なら、テレビのようなものか。シュルレアリスムの創始者が作ったのは唯一シュルレアリスムという言葉だ。それにあらゆる味付けがされる。しかしその言葉以外に何か決まり文句があるだろうか？「目玉は墓の中にあって、カインを見ていた[264]」とか、「自分が千歳になっても持てないほどの思い出を私は持っている[265]」とかに匹敵するものがあるだろうか？　我々のうちの何人がアンドレ・ブルトンの書いた詩やスタンスの一節を暗誦できるだろう？（ブルトンにはそれ以外の分野での功績はあるとして。）それにたいして、八月の冷たい海に飛び込む海水浴客の中には、尻込みするガール・フレンドに「波に飛び込み、生気を取り戻そう！」と呼びかける者が沢山いることは間違いない。それは「海辺の墓地」のフィナーレ〔第二二－二四節〕につながる。

否《ノン》、否《ノン》！…　立て！　時は移ったのだ！
破れ、我が体よ、この瞑想の姿態を！
呑め、我が胸よ、湧き起こる風を！
海から湧き起こる爽やかな空気が、
私に魂を返してくれる…　おお海の力！
波に飛び込み、生気を取り戻そう！

そう！　錯乱に充ちた大海よ、
豹の毛皮をまとった海、数知れぬ
陽光の泡に穿たれた古代のマント、
絶大な水神《ヒドラ》は己の青い体に酔い痴れ、
沈黙にも似た騒擾《そうじょう》の中で
自分の輝かしい尾を噛んでいる、

風立ちぬ！…　生きることを考える時だ！
途方もない風が私の書物をはためかせ、
波が岩場に砕けてしぶきが上がっている！
飛んでいけ、驚愕した頁よ！
砕けよ、波！　打ち破れ、喜び騒ぐ波で、
小舟が餌をついばむこの静かな屋根を！

---

(263) ボードレールの『日記』*Journaux intimes* の中の言葉。
(264) ユゴーの『諸世紀の伝説』の中にある詩句。
(265) ボードレール『悪の華』の「スプリーン」の詩句。

「芸術は諸々の制約から生まれ、自由になると死ぬ[266]」、と言ったジッドは正しくなかったか？

31　波瀾

物故した大物は、各人、死後の名声の度合いを示す一種のバロメーターのようなものを持つ。度合いは肉眼で見える。通りや広場の名前になっているかどうか、愛書家の市場における評価、博士論文の数、ＥＮＡの学年の名前に使われているかなど。典型的な古典派作家で、学校の教科書に出て来るポール・ヴァレリーにとっては、普通科あるいは工業科の高等中学校《リセ》の〔校名を記す〕切妻壁はないがしろにできない。フランスには彼の名前を取ったリセが二つある。一つは彼の生まれ故郷セットの普通科リセ、もう一つはパリⅫ区にあるリセだ。地域社会の選択は正直である。サン＝テクジュペリの名前を取ったリセは十三、カミュは六つ、サルトルは一つしかない（これは、ある意味で、サルトルはエッセイストか哲学者かという論争に決着をつけた）。もっともこうした命名はすべて一九六〇年代にさかのぼる。まだ映像や音声の技術革新による商業文化が席巻《せっけん》する以前のことだ。

（266）ジッドの「ナルシス概論」の一節。ただしこの引用には省略された部分がある。全文は「芸術は諸々の制約や葛藤から生まれ、自由になると死ぬ」である。

この時代が到来すると、社会学によって高級文化、富裕な遺産相続人の玩具だと貶められたものは〈大学〉の古聖所《ランブ》に押しやられてしまった。

毎年九月に、セットのヴァレリー記念館で〈ヴァレリーの日〉という催し物があるが、それでも、彼が評論家やコラムニストなどハッピー・フュー[267]を乗せたゴンドラの先頭にいないことは明らかだ。ＥＮＡの受験者の答案で、気の利いた引用で恰好をつけようとする場合には、ヴァレリーよりもルネ・シャール[268]がはばをきかせている。ヘヴィメタルが『若きパルク』を叩きのめしてしまったのだ。そしてカウンター・カルチャー〔＝対抗文化〕が、何かにつけ支配的になり、かつて底辺にあったものを上に引き上げ、上にあったものを下に引き下げた。今や敢えて上下関係で語る者はすでに下劣なのだ。

こうした変化はもう少し近寄って見る必要がある。たしかに、ある作家は退場し、別の作家が登場した。時効が来た者が去り、追放されていた者が戻ってきたのだ。

我らが占い師はそうした配置換えがやってくることをとうに見ていた。「人は自分が何をしたかはわかっている。しかしどんなふうにしてそれをしたのか、自分がしたことが何を可能にしたのか、あるいは可能にするのかということについては知らない[269]。」彼のためには、それは知らないほうがいいだろう。なぜなら、それを知れば、彼を深く傷つけることになるからだ。ヴァレリーは自分が棺から出るときには完全な姿のままではなかろうということをよくわかっていた。しかし、出て来た自分の片割れが、自身あまり推奨できない、引き出しの奥に片付けておいた者であることを知ったら驚いたであろう。

こうした転倒は、しかし、普通のことだ。芸術家が死後に遺すもの（それは政治家にとってもいえるだろう、ミッテランのことを考えてみればいい、『アンヌへの手紙』[270]や『日記』[271]が世に出たあと、彼のイメージはすっかり変わった）は、自身が最も高いもの、最も後世に遺るに値するものと考えていたものと一致することは稀である。我々にとって、ディドロは『ラモーの甥』の作者であり、『百科全書』の編者ではない。バンジャマン・コンスタンは、その宗教哲学（分厚い三巻本）はまったく読まれず、政治評論もほとんど無視され、小冊『アドルフ』と『私的日記』だけで生き長らえていることを知ったら、憮然とするのではなかろうか。シャトーブリアンだって、『ナチェズ』や『キリスト教の精髄』は身心・財産もろとも沈没し、彼の目からすれば補足情報にすぎない『墓の彼方からの記憶』にすべてをもっていかれてしまったことを大いに嘆くだろう。造形芸術は世代の交代による眼差しの逆転によるこの種の転覆に慣れている。我々が感心するドガは、キャンバスに画いた大型の油絵——それはそれで完成の域に達したものであるが——よりも、紙に画いたバステ

(267) Happy few.「好運な少数者」。スタンダールの言葉。
(268) René Char（1907-1988）　フランスの詩人。初期はシュルレアリスムの詩人、第二次世界大戦中はレジスタンス運動の闘士として活躍する。
(269)『邪念その他』（『全集』第四巻、一九九頁）の一節。
(270) 二〇一六年にガリマール社から刊行された故ミッテラン大統領のアンヌ・パンジョ宛の一二〇〇通を越す私信。Anne Pingeot（1943-）は美術史家で、現在、オルセ美術館の名誉キュレーターを勤める女性。ミッテラン大統領の愛人として知られ、一九七四年にミッテランの娘マザリーヌを生んでいる。
(271) 二〇一六年に同じガリマール社からミッテランの『アンヌのための日記』が刊行されている。

ル画、木炭画の習作であろう。我々に親しいヴァレリーは、最も波状的な、彫琢されたところの最も少ないヴァレリーである。彼が自分の作品の中で最も評価に値するものと考えた部分、「〔生きた人間の〕声色《タンブル》ではないが完璧に伝達可能な声[272]」、それを彼は願っていたのだが、結局うまく伝達されず、伝達されたのは彼の嘆き、彼の呟き、一人称で語られる彼の大胆な言動である。それが普通なのだから、文句を言ってはいけない、それはそれで面白い。時が経つとハードとソフトの場所は入れ替わる。人生の不幸が、ちょっとした偶然から、その芸術家に後世に遺るチャンスを与えたりする。その一方、彼が長い年月苦心惨澹したものが、とどのつまり、地下室へ追いやられ、稀覯本倉庫の収蔵物となってしまう。

32 復活

こうした変容については、我々にも責任がある。死者は生者と共に変容する。死者を復活させるのは生者である。間違ったのはヴァレリー自身ではない。我々が照明器具の位置を変え、闇に沈んでいた部分を明るみに出し、それ以外の部分を闇に沈めたのだ。かくして、季節の変わるたびに、我々が書庫にもっている作品の力、人々を感動させ、魅了し、影響を及ぼす力も変わる。

ヴァレリーの選文集の難点とは何か？　まちがいなく、彼の作品と彼の才能の極めて多様なことだろう。さらにはまた、ストーリテラーではないので、記憶に残りにくいこともあるだろう。詩は小説、語り物、大衆小説、連載などによって舞台の前面から駆逐されてしまった――世の中はストーリーテリングに支配されてしまった。昔の作家は彼らが造形した主人公によって生きながらえ

(272) ヴァレリーは〈声（voix）〉を詩の最も重要な要素と考える。生きた人間の声には〈音色（timbre）〉がある。音色が失われた〈声〉は死者の声だが、それは純粋な観念を伝えるものとして十分伝達可能だとする。ミシェル・ジャルティが編纂した三巻本の『ポール・ヴァレリー作品集』（Paul Valéry, *Oeuvres* I-III, Le livre de poche, 2016）第三巻、一二二頁に「十分に伝達可能な音色のない声」という表現がある。

ている――ダルタニャン、シャーロック・ホームズ、メグレ――、それにたいしてヴァレリーは生きた人物を造形しなかった。例外は〈テスト氏〉だが、これはアンティ・ヒーローであり、現実感のない幻影である。それならボードレールもランボーも同様ではないかと言うかもしれない。しかし、彼らが存在し続けているのは、彼ら自身が小説的人物になったからだ（ルネ・シャールは、レジスタンスの英雄、アレクサンドル隊長[273]に化身している）。さらに言えば、ジャン・ジュネ[274]のような詩人をみれば、伝説が羽ばたくためには、栄冠を戴かないほうがいいことがわかる。アカデミシアンや大賞の栄誉に包まれた者について、ＢＤ〔漫画《バンド・デシネ》〕や伝記映画〔biopic〕を作ったり、きわもの小説を書いたりするのは難しい。

生きたヴァレリーはどこから出て来るだろう？　それは我々の嗜好のカードをリフレッシュして、新しい価値体系が作られたところからだろう。

我々はもう果てしなく続く英雄譚はいい、際立った簡潔なものを欲している。そしてヴァレリーは線描の巧みな、錯綜した芸に秀でている。光輝〔＝光る寸言、評言〕、警句、逆説。種子の一杯入った袋だ。各人好きなように漁り、見つけた真珠は、首飾りにしなくとも、利用する手立てはある。

我々は三点演説[275]や、場所や時間の規定のない思想、空疎な高調子にはうんざりしている。そして本能的に暗示、告白、此処《ヒック》と今《ヌンク》を求めている。文学下部構造《アンフラリテレール》とでもいうべき真実の断片を含んだ領域は、昨今のライヴと実況の時代にあって、二種類の注目される表現様態を持っている。すなわち、〈往復書簡〉と〈私的日記〉である。恋文や手帖という人目を避けた私的所有物を通して、目覚めた意識を直接とらえた素朴な器を通して、我々は、カミュやサルトル、シモーヌ・ド・ボーヴォワールやアルチュセールを知る。ドリュー〔・ラ・ロシェッル〕や〔ポール・〕モランの『日記』は、どんなにおぞましくとも、ある意味で、彼らを復活させている。《我らが先生》の最近に刊行された作物にも、創作家の内幕やゴシップに関して我々の好奇心を満足させるものがある。それによって、ヴァレリーの存在は活性化するし、深みも増すだろう。

我々は制度化されたもの、合成されたもの、練り上げられたものに性があわなくなったので、「知性の叙事的・悲愴的性格」をとらえることが難しくなった。いまだに観念論が強い力を持つイデオロギーの分野以外は、観念を扱った散文は影響力をかなり失った。残るは肉感的なもの、無意識的なもの、即興的なものだ。我らが完璧主義者は、幾度となく、ありのままの自分を流露させた。それは、彼にとっても、我々にとっても、僥倖だった。警鐘を鳴らす思想家の傍らに、もう一人の横断的な、時ならぬ、予想外のヴァレリーがいる。やっと自分の居場所を見出したヴァレリー。それは我々自身が今の時代に遅れないように手を差しのべてくれる貴重な現代人としての居場所だ――時代に取り残されまいとするのは、いかにも困難な、日々研鑽を要する作業である。

(273) ルネ・シャールがレジスタン運動に挺身した時代に名乗っていた名前。

(274) Jean Genet（1910-1986）フランスの小説家・劇作家。サルトルが彼に捧げた浩瀚なジュネ論『聖ジュネ、コメディアンにして殉教者』が有名。

(275) 原文は discours en trois points。三段論法を基本とした演説モデル。十九世紀の風刺画家オノレ・ドーミエに「ヴィクトル・ユゴーが三点演説で……」と題された石版画がある。

付録

海辺の墓地 （恒川邦夫訳）

【1】

鳩が歩むこの静かな屋根は
松の木の間、墓石の間に、息づき
降り注ぐ真昼の太陽を受けている
海よ、海よ、おやみなく繰り返すものよ！
おお、思念のあとのむくい、
神々の静まりの上に凝らされた眼差し！

【2】

繊細な光線のひたむきな照射が、
穏やかな波間の幾多の宝石をきらめかせ、
何という静謐《しじま》が育まれることか！
かくして深淵の上に太陽が安らぐとき、
永遠の理《ことわり》から純粋な産物が生まれ、
〈時間〉は輝き、〈夢〉は知となる。

【3】

確たる宝庫、簡素なミネルヴァ神殿、
静謐な大塊《マッス》、あきらかな貯蔵庫、
尊大な〈水〉、炎の覆いの下に
幾多の夢をはらんだ〈目〉、
おお我が沈黙！…　魂の中の建造物、
黄金に輝く千の甍、〈屋根〉よ！

【4】

溜息一つに要約される〈時間〉の神殿、
純粋なこの地点まで登りつめ、
私は四方の海を眺めわたす。
神々への至高の捧げ物さながら、
晴朗な光輝が登り来った高みに
至高の蔑視を撒き散らす。

【5】

果実が融けて快楽に変わるように
果実の形が口の中で壊れて
不在が美味に変わるように、私は

ここでわが未来の煙の匂いを嗅ぐ
そして空は浄化された魂に
潮騒《しおさい》の海辺の変化を歌う。

【6】
美しい空、偽りのない空、変貌する我を見よ！
かくも矜持に充ち、奇妙な、しかし力に充ちた、
無為の時をほしいままにした私は、いまこの
輝かしい空間に身を委ねる、死者たちの憩う
家々の上に私の影が移ろいゆく、その影は
みずからの弱弱しい動きに私を招き寄せる。

【7】
夏至の松明《ほのお》にさらされた魂よ、
私はおまえを支える、容赦のない武器を
もった光の讃嘆すべき正義！
私はおまえを清らかな始原の位置へ戻す
自分の姿を見よ！…　しかし光を返すとは
陰鬱な影の半面を仮構することだ。

【8】
おお　私のために、私に向けて、私の中で、
一つの心のかたわら、詩の湧き出る源泉《いずみ》で、
空虚と純粋な出来事のはざまで、私は
我が内なる広大な空間が谺を返すのを待つ
それは辛く、暗い、こだまする貯水槽、
魂に永遠《とこしえ》に虚ろな音を響かせるものだ！

【9】
木の茂みにとらわれたふりをしているおまえは
知っているか、湾は墓所の細い鉄柵に食い込み、
閉じた私の目の上には燦爛たる数々の秘密、
私を怠惰な終局へ引きずっていくのは誰か、
体をこの骨ばった土へ引き寄せる思念とは？
一条の閃光がわが不在者たちに思いを駆《か》る。

【10】
閉ざされ、浄められ、永遠の火に充ちあふれ
光に捧げられたひとくぎりの土地、
私はこの炎に包まれ、黄金と石と樹陰で

構成されたこの場所が好きだ
そこでは多くの大理石が多くの影の上でふるえ
忠実な海がわが墓石の群れの上で眠っている！

【11】
輝かしい牝犬よ、偶像崇拝者をしりぞけよ！
牧人の微笑を浮かべて、私はひとり、
わが静かな白い墓群れ、神秘なる羊たちの
番をしながら長い時を過ごしている
用心深い鳩たち、虚しい夢想と好奇心に
かられた天使たちを近づけてはならぬ！

【12】
ここに至れば、未来は怠惰である。
硬い昆虫が乾いた土をひっかいている。
すべては燃やされ、解体され、空中で、何やら
しれぬ虚飾なきエキスに吸収される……
不在に酔った生命《いのち》は広大無辺、
心痛は甘く、精神は明晰である。

【13】
この土の中に隠された死者たちがいる
土は彼らを温め、彼らの神秘を無効にする。
真昼の太陽、不動の中天は
自己省察をはじめ、自省に耽溺する……
完璧な頭、無欠の王冠、
私はその中にいて、密かな変化《シャンジュマン》を担保する。

【14】
おまえの抱く恐れを抑止するのは私だけだ！
私の抱くもろもろの悔恨、疑念、制約は
おまえの偉大なる金剛石《ディアマン》の傷である……
だが大理石におしひしがれた彼らの闇の中で
樹木の根に巣食う漠たるやからの一群が、
すでに、おもむろにおまえを蝕んでいる。

【15】
彼らは濃厚な不在の中に溶解し、
赤土は白い種族を呑みつくし、
生命の恵みは花々の中へ移された！

死者たちが日々口にしたことば、
個性的な話術、彼らの心根はいずこ？
涙が伝った場所に今や蛆虫が這っている。
【16】
擽られた娘たちの嬌声、
彼女たちの眼、歯、濡れたまぶた、
太陽と戯れる魅惑の乳房、
口づけを許す唇に輝く血潮、
最後の贈り物の前に、それを守ろうとする指、
すべては土の下、死の掟に殉じている。
【17】
そしておまえ、大いなる魂よ、おまえは
ここで海波と陽光が肉体の目に映す偽りの
色を廃した夢を見たいと思うのか？
身が煙と化したとき、歌をうたうのか？
ならば、行け！すべて去りゆく！わが存在は
多孔質だ、逸《はや》っても、いつかは絶える！

【18】
黒と金色で彩色されたはかない不滅のしるし
愚劣な桂冠をかぶせた慰めの碑《いしぶみ》
死を母なる乳房とするが、それはすべて
麗しい嘘と信仰心のなせる業だ！
この空の頭蓋と永遠の笑いを知らぬ
者がいようか、否定する者がいようか！
【19】
深遠なる父祖、無人の骸骨、
幾多の土塊をかぶせられ、その重みで
土と化し、我らの足に踏まれている
我らを貪り食うもの、無視できない蛆虫
目当ては墓石の下に眠るおまえではない
蛆虫の糧は命、目当ては私だ！
【20】
私に対する愛、あるいは、憎悪か？
その密かな白い牙が迫って来る
相手の名前など誰でもかまわない！

かまわず、見て、欲し、想をかけ、触る！
蛆虫は私の体に惚れこみ、私は墓石に
横たわってなお、彼の糧《かて》となって生きる！

【21】
ゼノン！　残酷なゼノン！　エレアのゼノン！
おまえは私をこの羽のついた矢で射たのか？
矢は震え、飛び、空間に停まっている！
音が私を生み、矢が私を殺す！
ああ！太陽……　何という亀の影が
魂を覆い、大股のアキレスは不動なのか！

【22】
否《ノン》、否《ノン》！…　立て！　時は移ったのだ！
破れ、我が体よ、この瞑想の姿態を！
呑め、我が胸よ、湧き起こる風を！
海から湧き起こる爽やかな空気が、
私に魂を返してくれる…　おお海の力！
波に飛び込み、生気を取り戻そう！

【23】
そう！　錯乱に充ちた大海よ、
豹の毛皮をまとった海、数知れぬ
陽光の泡に穿たれた古代のマント、
絶大な水神《ヒドラ》は己の青い体に酔い痴れ、
沈黙にも似た騒擾《そうじょう》の中で
自分の輝かしい尾を噛んでいる、

【24】
風立ちぬ！…　生きることを考える時だ！
途方もない風が私の書物をはためかせ、
波が岩場に砕けてしぶきが上がっている！
飛んでいけ、驚愕した頁よ！
砕けよ、波！　打ち破れ、喜び騒ぐ波で、
小舟が餌をついばむこの静かな屋根を！

※原詩には節番号は付されていないが、訳詩では参照の便宜のために付けた。

訳者あとがき

本書は Régis Debray, *Un été avec Paul Valéry*, Equateurs France Inter, 2019 の全訳である。第一章の始めに書かれているように、フランス・アンテールという放送局がひと夏のヴァカンスを楽しむ知識人のために放送した番組がもとになって作られた本である。原題の「…とひと夏」というのはそれに由来する。

著者レジス・ドゥブレ（一九四〇年生）はよく名の知られたフランスの左翼知識人である。一九六〇年にパリの高等師範学校《エコール・ノルマル》に入学し、六五年に哲学のアグレガシオンを取得した。そのままどこかの高等中学校の教師に配属され、博士論文を書いていれば、将来、ブリリアントな大学教授になるキャリアである。しかし彼は教職をなげうって、革命を成功させたキューバにおもむき、チェ・ゲバラのあとを追ってボリビアに潜伏し、政府軍の捕虜となった。一九六七年に三十年の禁固刑を言い渡されたが、サルトルが国際世論に訴えた釈放運動（マルローやド・ゴールも名を連ねている）の結果、三年八カ月の服役で自由の身となった。

自由の身となったドゥブレはその後も数年間南米（チリ）にとどまり、一九七三年に帰国した。この間、『革命の中の革命』（一九六七）、『チェのゲリラ戦』（一九七四）（邦題『ゲバラ最後の闘い　ボリビア革命の日々』、安倍住雄訳、新泉社、一九七七）などの著作を発表した。フランスの五月革命（一九六八）、日本の大学紛争など左翼の政治運動の熱い季節だった時代でもあり、それらの著作は日本語を含む各国語に翻訳され、世界的に大きなインパクトを与えた。

ドゥブレの次の時代は一九八一年に成立した左翼連合の大統領ミッテラン政権の外交顧問として政治の表舞台に立った時代である。実質的にはおよそ十年間の政権協力の時代だが、その間に、『書記《スクリーブ》――政治家の誕生』（一九八〇）、『政治理性批判』（一九八一）などを書き、ゲリラの理論家から現実の政治権力の近傍に身をおいて、もっぱら〈政治〉とは、〈権力〉とは何かを問う思想家に姿を変えたように思われる。ミッテラン政権は一九九五年まで継続するが、ドゥブレは第一期の終わり（一九八八）に政権を離れている。

そして次の段階に入る。いわゆる〈メディオロジー〉というコンセプトを発信する時代である。メディオロジーとは何か。わかりやすくいえば、メッセージはその伝達のされかたに注目しなければ本当にはわからないという認識である。伝達のされかたは、時代ごとに進歩・変化する技術面もあるが、時代の象徴的権威（宗教や支配的イデオロギー）にも大きく依存する。言語が純粋に（中性的）記号として意味を伝達するというのは記号論の安易な盲信だという指摘がある。詳細は『メディオロジー宣言』（一九九四）（西垣通監修・嶋崎正樹訳『レジス・ドゥブレ選集』第一巻所収、NTT出版、一九九九）にゆずるが、注目されるのは『宣言』におけるポール・ヴァレリーに関する言及である。

抽象思考の唯物論者ヴァレリーはいわば慎み深い、厳格なマクルーハンである（…）。精神を「変容の力」とするその操作的な定義と、機械によって思考の条件と性質が変化してしまうという幾度となく省察に付された直観により、詩人でもあり哲学者でもある彼は〔メディオロジーの〕最も重要な先駆者となっている。（…）。またいたるところで名付け親とされ、神秘学と技術にまたがる（…）ヴァルター・ベンヤミンの名もおのずから認められよう。（…）。同様に哲学においてはジャック・デリダの『グラマトロジー』があらゆるメディオロジー的応用の理論的母体をなしている。（『メディオロジー宣言』、一二三頁）

以上が著者ドゥブレの簡単なプロフィールである。そこからうかがえるのは、著者のヴァレリーに関する関心が一朝一夕になったものではなく、若き日のゲリラ戦士の時代から、ミッテラン政権の外交顧問として、政治権力の実際をつぶさに観察した時代を経て、醸成されたものであることである。二〇一九年の六月、パリのソルボンヌ広場のカフェでミシェル・ジャルティ教授（『評伝ポール・ヴァレリー』の著者）と会ったとき、「是非読め」と勧められたのが本書である。

もう一つ述べておきたいことは我が国におけるポール・ヴァレリーのプレゼンスである。筑摩書房から刊行された『ポール・ヴァレリー全集』（全十二巻＋補巻二）と『カイエ篇』（全九巻）の訳業は、訳者の顔ぶれの多彩さからしても、一つの金字塔である。一九六〇年代のはじめに大学に入学した筆者の世代には、小林秀雄の愛読者がかなりいたので、彼らの中には小林訳「テスト氏との一夜」から強いインパクトを受けたという者もいた。『全集』には小林秀雄／中村光夫共訳の「テスト氏との一夜」が収録されている。『全集』に続けて『カイエ篇』が刊行された（一九八〇－一九八三）が、一夕、飲み友達とバーに行って、若いホステス嬢と他愛のないおしゃべりをしていたときに、彼女が『カイエ篇』を購入して、部屋の押し入れの中に入れてあると聞いて、一驚したことを覚えている。ホステス嬢がヴァレリーの熱心な読者であってはいけないということではない。その時代はまだ翻訳物が出版界で力を持っていたという感慨である。その後もポール・ヴァレリーに関する出版物はフランスでも日本でも刊行されている。しかし次第に一般読者向けというより、専門家向けのものになってきているように思われる。その中で、特筆に値するのは、二〇〇八年にミシェル・ジャルティが出版した浩瀚な『評伝ポール・ヴァレリー』（邦訳版は、水声社、二〇二三年）とウィリアム・マルクス編『詩学講義』の二巻本（*Cours de poétique*, deux volumes, Gallimard, 2022 邦訳なし）である。

本書では上記『全集』と『カイエ篇』および『評伝』へのレフェランスをできるかぎり訳注に書き込んだ。著者ドゥブレのスタンスは専門研究者ではなく、あくまで今日の一般読者を相手に、いかにヴァレリーが面白いか、示唆に富んでいるかを語っているので、引用されているヴァレリーの言葉が邦訳書のどこにあるのかを示すことによって、興味をそそられた読者がその周辺に目をやり知識を深めることができるのではないかという配慮である。もっともこれらの『全集』や『評伝』は、個人で所蔵しない限り、図書館で見るほかないので、そこまで関心がないということならば無視すればよい。あくまで翻訳書の奥行を広げると共に過去の仕事へのリスペクトによって付けた注である。ただし、本書に訳した言葉は訳者のものであり、旧訳の言葉をそのまま引き写したものでないことはお断わりしておく。

一つの時代にもてはやされた者は、次の時代になると、次第に忘れられていくという一般則がある。時代の寵児とはその時代の要請によく応えた者だとすれば、喝采を送った人々がやがて死に絶え、次の時代の人々が生まれ育ち、違った理念の下に社会を作っていけば、そうなるのは当然かもしれない。ナチスからフランスが解放され、第三共和政に終止符が打たれ、新生フランス（第四共和政）に移行する直前に他界したヴァレリーを、凱旋将軍・臨時政府首班のド・ゴールが国葬に付した。占領下で対独協力をした者をあぶりだし厳しく追及した戦後の社会情勢のなかで、ヴァレリーを新生フランスの精神的シンボルとしたのである。ド・ゴール自身がその後政府首班としてけして平坦な道を歩んだわけではないので、そのことがヴァレリーの死後のプレゼンスにどれほど寄与したかは軽々には断定できないが、松明《トーチ》が次世代に受け渡されたことはたしかだろう。しかしより本質的にはヴァレリーが主義《イズム》の人でなかったことが、彼の命脈を今日までつないだと考えることもできる。ただヴァレリーが精魂こめて彫琢した詩や散文のあるものは、メディヨムの中心が〈映像圏〉(1)に移った現代人の「性にあわなくなった（…）〈彼がものしたような〉観念を扱った散文は影響力をかなり失った」（本書32章）こともあらそえない事実である。複雑で多様なカット面をもったダイヤが正面から光をあびて燦然と輝いていたのが生前のヴァレリーだとすれば、光源の位置が変わって、光るところが変わってきたようなものだろう。翻訳を通してなされてきた日本のヴァレリー受容も、あらたな切り口の、あらたな訳文が用意されてしかるべきではないかと思う次第である。

第二次世界大戦後のフランスの思想界をにぎわした役者たちの中で、サルトル（1905-1980）、メルロ＝ポンティ（1908-1961）、ロラン・バルト（1915-1980）などは、最盛期の生きたヴァレリーを知っていた世代だから、あからさまにそうと言わずとも、ヴァレリー読みだった。少し下ってドゥルーズ（1925-1995）、フーコー（1926-1984）、デリダ（1930-2004）らもリセの時代にはヴァレリーを読んだにちがいない。そのあとにやってきたドゥブレはソレルスやクリステヴァと同世代だが、思想の世界の先輩たちから間接的にヴァレリーを読んできたように思われる。この世代にはナタリー・サロートのような反ヴァレリーの系譜もあるが、それはどうも、公的雛壇に祀り上げられたヴァレリーへの嫉視（あるいはジャーナリスティックな反権威主義的身振り）だったように思われる。

ともあれ〈文字圏〉が〈映像圏〉にとってかわられた時代にヴァレリーが下支えになっているというのは、ヴァレリー読みにとっては心強いことだ。バンド・デシネ『闇の国々』の原作者ブノワ・ペータース[2]もヴァレリー読みである。二〇一七年に東京の日仏会館で行われたシンポジウム『ヴァレリーにおける詩と芸術』に招かれて講演を行っている。本書はそうしたヴァレリーの新世紀における再読の気運をうながすこの上ない入門書であろう。同時にメディオロジーが「既存の学問分野、すなわち哲学や社会学や技術史などでは覆い尽くせない、巨大な知の新天地である」（西垣通）とすれば、思想家ドゥブレを探求する読者にとっても、本書は必読の書物ではなかろうか。

なお人文書院の編集者井上裕美氏には、訳者一人では見過ごしてしまう誤りや意味の不明確な訳文が掲げられているところを適切にご指摘いただき、是正することができた。末筆ながら、同氏に深甚なる感謝の念を表する次第である。

令和六（二〇二四）年八月吉日

恒川邦夫

（1）ドゥブレの用語で、彼は人類史を「文字（言語圏）」、「印刷術（文字圏）」、「オーディオビジュアル（映像圏）」に分類している。

（2）ブノワ・ペータース（1956-）はフランス人の漫画原作者、小説家、伝記作者。ドゥブレよりさらに二十歳ほど若い世代である。二〇一〇年にデリダの伝記を書いているが、その前後に、二冊のヴァレリーを主題としたエッセーを刊行している。

Benoît Peeters, *Paul Valéry, une vie d'écrivain?*, Les impressions nouvelles, Paris, 1989.

Benoît Peeters, *Valéry, tenter de vivre*, Flammarion, 2014.

参考文献

『ヴァレリー全集』全一二巻＋補巻二巻、筑摩書房、一九六七‐一九七九。

『ヴァレリー全集カイエ篇』全九巻、筑摩書房、一九八〇‐一九八三。

『ジッド＝ヴァレリー往復書簡』全二巻、二宮正之訳、筑摩書房、一九八六。

『純粋および応用アナーキー原理』恒川邦夫訳、筑摩叢書305、一九八六。

『〔ポール・ヴァレリー著〕「アガート」訳・注解・論考』恒川邦夫ほか、筑摩書房、一九九四。

『若いパルク／魅惑』中井久夫訳、みすず書房、一九九五（改訂普及版二〇〇三）。

『未完のヴァレリー』田上竜也・森本淳生編訳、平凡社、二〇〇四。

『ヴァレリー・セレクシオン』上・下巻、東宏治・松田浩則訳、平凡社ライブラリー二〇〇五。

『精神の危機　他十五篇』恒川邦夫訳、岩波文庫、二〇一〇。

『コロナ／コロニラ』松田浩則・中井久夫共訳、みすず書房、二〇一〇。

『ヴァレリー集成』全六巻、恒川邦夫監修・共訳、筑摩書房、二〇一一‐二〇一二。

『レオナルド・ダ・ヴィンチ論　全三篇』恒川邦夫・今井勉訳、平凡社、二〇一三。

『レオナルド・ダ・ヴィンチ論』塚本昌則訳、ちくま学芸文庫、二〇一三。

『ヴァレリー／ジッド／ルイス三声書簡 1888‐1890』松田昌則・山田広昭・塚本昌則・森本淳生共訳、水声社、二〇一六。

恒川邦夫著『サン＝ジョン・ペルスと中国――〈アジアからの手紙〉と『遠征』』法政大学出版局、二〇二〇。

（＊本書の随所にサン＝ジョン・ペルスが敬愛したポール・ヴァレリーへの言及がある。）

『ドガ　ダンス　デッサン』塚本昌則訳、岩波文庫、二〇二一。

ミシェル・ジャルティ著『評伝　ポール・ヴァレリー』恒川邦夫監訳、水声社、二〇二三。

著者略歴

レジス・ドゥブレ Régis Debray

1940年生まれ。1960年にパリの高等師範学校(エコール・ノルマル)に入学し、65年に哲学のアグレガシオンを取得した。その後革命を成功させたキューバにおもむき、チェ・ゲバラのあとを追ってボリビアに潜伏し、政府軍の捕虜となった。三十年の禁固刑を言い渡されたが、サルトルが国際世論に訴えた釈放運動の結果、三年八ヵ月の服役で自由の身となった。この間、『革命の中の革命』(1967)、『チェのゲリラ戦』(1974) などの著作を発表した。それらの著作は日本語を含む各国語に翻訳され、世界的に大きなインパクトを与えた。1981年に左翼連合の大統領ミッテランが政権に就くと外交顧問として政治の表舞台に立った。その時代に『書記――政治家の誕生』(1980)、『政治理性批判』(1981) などを出版した。ミッテラン政権は1995年まで継続するが、ドゥブレは第一期の終わりに政権を離れ、〈メディオロジー〉というコンセプトを発信する。そのころから、ポール・ヴァレリーに関する言及が目立つようになる。本書はドゥブレのヴァレリー観を明解かつ独創的に展開したものである。ドゥブレの著作・論文は以上の活躍からうかがわれるように夥しい数にのぼって今日にいたる。

訳者略歴

恒川邦夫(つねかわ・くにお)

1943年東京生まれ。東京大学文学部博士課程中退、パリ第三大学文学博士。一橋大学名誉教授。専攻はフランス文学(ポール・ヴァレリー研究)、黒人アフリカ文学、カリブ海文学。著書に『ポール・ヴァレリー「アガート」訳・注解・論考』(筑摩書房、1995、恒川編、共著)『フランケチエンヌ――クレオールの挑戦』(現代企画室、1999)、『《クレオール》な詩人たち』(二巻本、思潮社、2012、2018)、『サン゠ジョン・ペルスと中国――〈アジアからの手紙〉と『遠征』』(法政大学出版局、2020)。訳書にポール・ヴァレリー『純粋およびアナーキー原理』(筑摩書房、1986)、J・ロビンソン『科学者たちのポール・ヴァレリー』(紀伊國屋書店、1996、共訳、日本翻訳出版文化賞)、J・ベルナベ、P・シャモワゾー、R・コンフィアン『クレオール礼賛』(平凡社、1997)、E・グリッサン『全‐世界論』(みすず書房、2000年)、E・グリッサン『レザルド川』(現代企画室、2003)、『精神の危機　他十五篇』(岩波文庫、2010)、『ヴァレリー集成』全六巻(筑摩書房、監修・共訳、2011-2012)、M・ジャルティ『評伝ポール・ヴァレリー』(水声社、三巻本、2023、監訳、日本翻訳出版文化賞)などがある。

Cet ouvrage a bénéficié du soutien du Programme d'aide à la publication de l'Institut français.
本作品は、アンスティチュ・フランセのパリ本部の翻訳助成金を受給しております。

ヴァレリーとのひと夏

2024年11月20日　初版第1刷印刷
2024年11月30日　初版第1刷発行

著　者　レジス・ドゥブレ
訳　者　恒川邦夫
発行者　渡辺博史
発行所　人文書院
〒612-8447
京都市伏見区竹田西内畑町9
電話 075-603-1344
振替 01000-8-1103

装　幀　上野かおる
印刷・製本所　モリモト印刷株式会社

落丁・乱丁本は小社送料負担にてお取り替えいたします

ISBN978-4-409-14070-3 C1098